Escrito a pluma

Escrito a pluma

Luis Carlos Ayarza

Edición: Pablo de Cuba Soria
© Logotipo de la editorial: Umberto Peña
© Fotografías de cubierta e interiores: Luis Carlos Ayarza
© Luis Carlos Ayarza, 2020
© Primera edición: Casa Vacía, 2020
© Segunda edición: Casa Vacía, 2021

www.editorialcasavacia.com

casavacia16@gmail.com

Richmond, Virginia

Impreso en USA

© Todos los derechos reservados. Bajo las sanciones que establece la ley, queda rigurosamente prohibida, sin la autorización escrita del autor o de la editorial, la reproducción total o parcial de esta obra por ningún medio, ya sea electrónico o mecánico, incluyendo fotocopias o distribución en Internet.

*A mi papá,
aquel lector anhelado, al margen del tiempo*

¿Flotamos en una nada infinita? ¿Nos persigue el infinito con su aliento? ¿no sentimos frio? ¿No veis de continuo caerse la noche, cada vez más cerrada?.
NIETZSCHE

Renuncia a la cómica ambición de conquistar; conténtate con la función ambulatoria de un viajero en curso.
NICOLÁS GÓMEZ DÁVILA

Un golpecito con los dedos, el polvo iba cayendo en el mortero y esto solo como fui niño proustiano me bastó para que, sintiendo como un sabor tremendo, nunca más lo pudiera olvidar.
LORENZO GARCÍA VEGA

I

Apica de Pasadena
(2005-2013)

En el horizonte de mi escritura siempre se ha presentado el anhelo de las largas ficciones. He aprendido a convivir con ellas como si se trataran de un espejismo; un oasis familiar al que nunca se acaba de llegar, y al que hasta ahora le he robado apenas fragmentos, líneas, pasajes. La escritura que he llevado a cabo por años mientras soñaba con novelas ha sido de cuadernos y notas. La razón de su publicación tiene que ver con la obediencia al espíritu larvario que creo trae consigo toda escritura, la ilusión de ser libro.

Escribo en el papel japonés de mis cuadernos Apica. Uso mi mano izquierda y una pluma fuente cargada con tinta ocre o azul. El pensamiento discurre distinto sobre el papel. La pantalla ofrece otras posibilidades, a veces más concreción, otras; más distancia. Pero la escritura a mano posee una sensualidad ausente en el teclado del computador. Tampoco sufre con la impaciencia del cursor. Es la mano suspendida sobre la superficie del papel, lista para dejar sobre éste un trazo, casi puro, del pensamiento.

Pasadena. En esta zona y sus alrededores he residido cada año durante el verano y el invierno. He caminado por ella, la he recorrido en bicicleta y manejado sin rumbo fijo infinidad de veces. Le tengo afecto a esta ciudad. Aquí he compartido mi tiempo con Á. En Pasadena hemos recibido las buenas noticias; fue el lugar donde vimos nuevamente a mis padres. También aquí han llegado las malas nuevas, pero en los momentos difíciles caminar por sus calles o merodear las librerías me ha procurado, en cierto modo, alivio.

Un libro pequeño, ensamblado con los fragmentos de un caleidoscopio roto. Cristales recogidos del suelo bajo cierta luz y depositados en un nuevo canal. La curaduría, si existe, tiene que ver con la mirada que se desplaza por el rollo interminable de la pantalla, con el acto de hojear un cuaderno escrito a pluma con una caligrafía muchas veces ilegible, que se debe descifrar, y a veces reescribir, a partir de la intuición.

Del desencanto de una época surge un libro como *Don Quijote*. Nace en la encrucijada entre la nostalgia y la lucidez de un presente que empieza a revelar la ausencia de todo encantamiento. Fue el inicio de la modernidad, y aunque algunos aún recorrerían los senderos de la época previa, ya no lo harían desde la certeza, sino desde el anhelo y la añoranza. Shelley, Byron, Stocker, Wilde, Lovecraft, Poe. La música, por su lado, recorrería con más contundencia esos territorios encantados, reabriendo los portales y fisuras que el pasado mágico había sepultado consigo.

¿Un diario? O un cuaderno de notas enmarcado en un discurrir de fechas.

El niño dando sus primeros pasos camina igual que un borracho. Su cerebro vacilante intenta darle firmeza al mundo incierto que se extiende ante él. Una ambigüedad surge. Por primera vez experimenta la frustración y el hastío, pero también la inercia vital que hace a los humanos desear dar un paso más, y otro, y otro.

Una burbuja para desplazarse.

Amistad, lealtad, honor, grandeza, palabra; dar la palabra. Conceptos marchitos y ahuecados, suplantados con el detrito de las ideas de estos tiempos.

Ser reaccionario. No se trata en todo caso de una posición política o una perspectiva del mundo, tampoco del anhelo de un momento histórico. Se trata de una certeza, de un estado del ser. "Por un reino de la estética y la ética", decía Jorge Gaitán Durán.

Los pasos inciertos, las decisiones de última hora, las vacilaciones, los encuentros fortuitos disparan la vida en direcciones no presentidas. Allí a veces está el alivio de no saberse repetido.

En lugar de la sinuosidad de la arruga humana, en la pintura ocurre el cuarteamiento. La vejez de la pintura es la vejez geométrica del fragmento. Fragmento que amenaza con desprenderse debajo del barniz transparente que protege un bosque o una torre, o el fluir de un manantial entre las rocas.

Cumpleaños de Á; estamos en un restaurante italiano en Colorado Street. Las mesas afuera, los manteles blancos, la brisa suave del inicio de la tarde. Á, bella como siempre. Soy afortunado de tener su compañía (nota banal cuando todo es en realidad profundo), pero pocas veces menciono su belleza sin que jamás me haya —para bien— acostumbrado a ella.

Soñé con un mago. Viejo alto, con capa color zapote y camisa azul muy clara, casi blanca. Tiene un sombrero, está lejos. En una mesa cercana hay un par de amigos. El mago me tira un zapato viejo, cuando lo recibo está nuevo. Le pido el otro y cuando levanto la mirada está cincuenta metros más cerca. Ahora es de baja estatura y más joven, pero tiene el mismo color de piel; es el mismo hombre, pero con una barba rojiza. Miro el zapato: es viejo de nuevo; levanto la mirada otra vez: ahora el hombre está a mi lado, viejo. Reparo en su camisa: el cuello tiene pliegues parecidos a los de los puños y sube hasta cubrirle la quijada y se cierra en el interior de su labio inferior. Cuando habla, los pliegues se tiemplan y contraen como un acordeón. Ahí noto que el interior de la capa zapote es azul oscuro, casi negro. La barba rojiza del mago ya no está, pues es de nuevo viejo, alto y flaco. Conserva unos pocos mechones de pelo rojizo que caen desde el sombrero y me dice que en realidad todo es ilusión.

Aunque el marco son los años, en estas notas las fechas son aleatorias. Escribir desde diferentes lugares, como dejando rastros de migas en un laberinto.

Un conocido tiene un criadero de plantas carnívoras. Ojo tenebroso que admira monstruos caseros. Veo las fotografías que ha subido a la red. Sus bocas parecen promesas y arcadias. Rezagos de un paraíso prehistórico perdido, resonancias de ese mundo próvido del plioceno.

Casi siempre al despertar, y apenas por unos instantes, recibo la visita de una especie de lucidez. Se presenta, cruda, inclemente, iluminando sin compasión con una luz estallada los vértices de las cosas; y allí, en la desolación que produce ese género de evidencia, nace la voluntad, la necesidad de reaccionar ante la ausencia de sentido.

En algunas mujeres habita cierta belleza resultante de una mezcla selectiva llevada a cabo durante generaciones. Mezcla de sangres exquisitas, miradas insondables de brillos estelares, pieles de mármol y ámbar, flujo de milenios en un aliento o unos labios. Una belleza muy distante de aquella fortuita y deslumbrante, como venida de la nada, que algunos seres portan como un don.

Austerlitz, de G.W. Sebald, es una novela sobre el desarraigo y una pregunta —por fin articulada en el lenguaje fluido y liquido de Kaspar Hausser— sobre las enmarañadas raíces que constituyen a Europa. Cada cosa que Austerlitz presencia pareciera transformarse ante sus ojos en un signo de interrogación, y cada interrogante es una oportunidad para que él se maraville con las superficies, las estructuras, la arquitectura, o la mirada de ciertos animales y filósofos. La mochila jamás desempacada de Austerlitz es la metáfora de un caracol que se pasea lento sobre tierras siempre envueltas en neblinas por las que transitan fantasmas. Por ejemplo, la madre despidiéndose ante la entrada del campo de concentración, ciega aún ante el terror que se cierne sobre Europa. Austerlitz, el hijo de un fantasma, peregrina por los caminos europeos buscando una respuesta. Leer este libro, en cierto modo, ha sido como observar (recordar) un herbario o un insectario creado con la mirada asombrada de un niño que nace viejo.

Todo es un viaje. Cada desplazamiento es la sangre en su recorrido por el cuerpo: visita órganos como ciudades; la tinta, el viaje del pensamiento, quizá su rastro.

El mapa del laberinto se encuentra en el giro del caleidoscopio.

Los estallidos de alegría en medio de la desesperación fueron los bastones de un periodo. No era consciente en esa época de su alcance en el tiempo, de su brillo en la materia acumulada de la memoria, de su actividad en el presente.

Desde muy niño experimenté el tedio, ese aburrimiento existencial que pronto deriva en hastío y angustia. El tiempo pasa, y cada vez aprecio más los momentos en los que me puedo alojar en el mundo más rico y más poblado, intenso y laberíntico de la lectura y la escritura.

En la mañana salimos a caminar por el área de San Marino. En la mansión de una calle llena de árboles y jardines altos hay un aviso escondido que anuncia una venta de jardín. Mi espíritu de ropavejero se activa con los *Thirft Shops*, las librerías de viejo, los anticuarios. Reacciono a estos lugares como un perro que, atraído por un olor particular, tira frenéticamente de su lazo. Á, siempre aplomada, es renuente a entrar, pero la convenzo. Adentro se abre un jardín de hierba alta y suave. Setos de pino salpicados de flores bordean una gran casa blanca a la que se entra por una escalera de piedra. En el prado han puesto una pequeña venta de objetos: vajillas, frascos, muchas cosas pequeñas. Dos formidables berneses: uno, casi albino; el otro, negro, de manchas marrones y blancas. Ambos observan sentados, con sofisticación y desdén, a los pocos compradores. Un hombre que parece recién salido de un anuncio de yates, rubio, muy bronceado y saludable, está sentado en una silla de hierro sembrada en el jardín; se fuma un puro. Igual que los berneses, apenas se mueve. Custodia a su hija, una bella jovencita de postura perfecta. La muchacha lleva un vestido negro corto y sin mangas. Camina descalza, como si flotara —las uñas pintadas de color oscuro— sobre la hierba mullida, verde e intensa, ordenando los objetos. Pienso que no es un jardín para usar zapatos y de pronto siento mis tenis incomodos y apretados. La joven les da los precios de unos frasquitos a un par de ancianos que, aparte de nosotros, son los únicos visitantes. Sonríe mientras les habla. Compro unos platicos para el queso con unas uvas pintadas a mano. Salimos y Á me dice: "viven como en otro mundo". "Así es", le respondo. Unos pasos más adelante, me da los platos: "Tú los cargas", me dice sonriendo. De pronto, la caminata con los platos en la mano no tiene mucho sentido y el carro se encuentra a varias calles. Un domingo esplendoroso se extiende ante nosotros. Á quiere ir en la tarde a la piscina, yo quisiera un cine.

Hace menos de un mes pasamos una semana en Santa Bárbara. Caminamos a diario por la playa, tomamos vino en el muelle, por la tarde. Ese pequeño paraíso que intentamos repetir cada verano. El día antes de regresar salí a trotar; pasé cerca de una foca muerta. A pocos metros había una niña, de cuatro años más o menos, que la miraba como pasmada. Su padre conversaba con otro hombre. La brisa marina se sentía fresca por toda la playa y en algunas partes una bruma tenue flotaba sobre la orilla. La niña mirando la foca, la brisa, el muelle y el agua vacilante entre el azul y el ocre, la niebla baja en la orilla, a lo lejos. Me gustaría ver la imagen en un óleo.

Tiempo de dormir, cada noche un itinerario. Las imágenes se van formando, flotan como nubes bajas en unas aguas sin corriente. Se materializan en un humo gris oscuro. Así las vi varias veces cuando empezaba a entrar en el sueño.

Le leo a mi papá por teléfono el primer tomo de Proust. Hemos llegado al episodio de la Madeleine; ahora, al releerlo en voz alta con detenimiento, recuerdo que no todo Combray aparece con el primer bocado de la Madeleine mojada en el té —antes sólo se había mencionado una habitación, una escalera y una alameda oscura—, sino apenas su intención. Un placer sensorial, en este caso, ligado al tiempo. Al forzar la inteligencia, también lo señala Proust, se crea. Dice luego sobre la memoria: "¿Buscar? No sólo eso: crear. Está ante algo que no es aún y que sólo ella puede realizar y después hacer entrar en su luz".

Pasadena ha sido tradicionalmente una zona de librerías. Sin embargo, las grandes han ido cerrando una a una, primero *Borders* sobre Lake Street, luego *Barnes and Noble* en el *Downtown*. Solo se mantiene *Vromans*, en Colorado Street. Su cercanía al *Pasadena Playhouse*, y a los cines que proyectan películas independientes, su café en la entrada y los invitados regulares la mantienen vital. En los últimos años he visto cerrar también varias librerías de viejo. Los dueños, generalmente de edad avanzada, languidecen esperando la entrada esporádica de algún cliente. Estas librerías tienen el encanto del depósito y del olor a papel añejo que asfixia recién se entra. Son laberínticas, y apilan sin mayor cuidado en sus estantes de madera cruda centenas de libros cuyas páginas continúan su proceso de senectud, tornándose amarillas y quebradizas. Son lugares propicios para el hallazgo de algún libro olvidado por el tiempo y la geografía. En una de ellas encontré un ejemplar de los comics *Tintin*, en español. Se trataba de la segunda edición de la aventura que tiene lugar en América, impresa en 1969. ¿Cuál habrá sido el recorrido de este libro para terminar en una librería californiana y ser adquirido por mí más de cuarenta años después? ¿Habrá pertenecido a algún niño latinoamericano traído por sus padres de viaje a California? ¿Acaso un niño español? ¿Habrá viajado con los libros queridos de algún inmigrante que esperaba que reposara para siempre en su biblioteca? Ese destino incierto de los libros, siempre sentenciados a durar más que las vidas humanas. Le pregunté al propietario, un anciano con apariencia de zapatero, con tirantas marrón y las mangas de la camisa arremangadas, si tenía otros libros similares. Lo observó por unos segundos y respondió que ya no sabría decirme, que algunos libros llevaban allí años, pero que le agradaba que lo hubiera encontrado, pues ya casi nadie visitaba la tienda y que a veces los días se iban en blanco sin realizar una venta. Me dijo también que solo estaba esperando para retirarse y cerrar definitivamente. De eso hace ya un par de años. La librería ya no existe. No olvido sin embargo el rostro del librero, su camisa blanca, un poco amarillenta como las páginas de los libros que vendía, las tirantas y su amabilidad de otro tiempo.

Día perfecto; no hay una sola nube y las montañas resplandecen de nieve fresca. Parece que, en lugar de ser el periodo en el que la nieve empieza a marcharse, estuviéramos aun en plena mitad del invierno. Leo unas páginas del diario de Kafka en un sitio de comidas rápidas de Altadena. Está furioso porque su madre prestó uno de sus libros; "son lo único que tengo", le grita.

A unas calles de nuestro apartamento hay un *Thirfth Shop*, al que cada día me lleva mi espíritu de ropavejero para buscar alguna chuchería que pueda convertir en objeto decorativo. El lugar es atendido por ancianas voluntarias. El otro día una de ellas me regaló una lámpara que no he logrado hacer funcionar —además ando a la cacería de un marco para el poster que traje de mi último viaje a New Orleans. Hoy vi un letrerito que dice que el lugar va a cerrar definitivamente el 6 de diciembre. Un cliente le preguntó a una de las mujeres la razón de cerrar la tienda. La mujer respondió que las ventas estaban mal, y que además las voluntarias que trabajan allí estaban falleciendo una tras otra. Todo puede tener una dimensión literaria, como esta tienda que se cierra con la muerte progresiva de su personal de ventas. Sin embargo, hoy en el almacén la luz del día entraba como siempre, y como siempre la luz de neón en los techos lava aún más los colores de los objetos ya envejecidos. No existe en este sentido una dimensión literaria de la realidad. La realidad alimenta la literatura. La literatura tiene una dimensión de realidad.

Los pensamientos de esas horas pegadas como una hilera de casas idénticas en las que regreso al pasado buscando una luz particular. La luz de un portal azul que hace ya décadas me remitió a otro portal.

Joseph Brodsky tenía como propósito escribir un poema navideño cada año. En una conversación, le dijo a Peter Veil que había quebrantado esta costumbre muy pocas veces. Hoy es navidad y mientras Á intenta dormir —se siente enferma y le duele la cabeza— yo traduzco, bajo la luz de lámpara verde de banquero, uno de los poemas navideños de Brodsky titulado *Star of Nativity*, escrito en 1987. El poema habla desde el punto de vista del recién nacido en el pesebre que, tal vez aún inocente de la magnitud de su misión en el mundo, ve todas las cosas grandes: el pecho de su madre, el vapor brotando del hocico del buey, las figuras de los reyes magos, los regalos apilados en la puerta entreabierta. Luego, el poema se dirige a la estrella de la navidad que, "from the depth of the universe," observa al niño en el pesebre. La estrella es a su vez, en la distancia, "the Father's stare". Es un poema sobre un encuentro en el tiempo y la distancia entre dos nodos, dos puntos, la estrella y el niño. Mientras escribo pienso en las navidades pasadas, y sobre todo en aquellas navidades bogotanas de la infancia, y en las calles que, justo a esta hora, al final del atardecer, empezaban a oler a pólvora. Los niños jugaban ya con sus luces de bengala en las puertas de sus hogares mientras empezaba a escucharse música en el interior. Qué contraste con el silencio y la oscuridad de este vecindario, matizada con una que otra casa que despliega en el jardín decenas de luces, trineos, venados, papás Noel y hombres de nieve. Me parece que Á al fin se ha dormido. Creo escuchar, a través de la pared de nuestro pequeño estudio, el cambio en el ritmo de su respiración. No pasaremos la medianoche despiertos, así que llamaré un poco antes a mis papás. Á y yo celebraremos la navidad en la mañana con un desayuno y una larga caminata.

Una joven pareja húngara ha abierto una librería de viejo en la zona norte de la calle *Green*, en Pasadena. La librería se llama *Century Books*. Un cerezo le hace sombra al escaparate y filtra los rayos solares sobre las portadas de los libros. Las cerezas caídas en la acera, ya aplastadas por los pasos, tapizan de púrpura la entrada. En el fondo de la librería, en el rincón izquierdo, hay una pequeña selección en español y portugués. Adquirí una edición portuguesa de *El libro del desasosiego* de Pessoa. *Century* vende sus libros usados al lado de nuevas ediciones y no flota allí el olor del papel envejeciéndose, habitual en las librerías de viejo, sino el de una librería construida con afecto, a la vieja manera, donde el olor predominante es el de los pisos de madera recién encerados y el café fresco. Los libros están cuidosamente dispuestos en estantes color caoba y sobre mesas de madera lacada. No hay artificialidad en la decoración, sino afecto y espíritu. Se siente, al entrar, como quizá sentía algún visitante de las librerías locales de la primera mitad del siglo XX. Sin embargo, temo que no sobreviva. Presiento fugacidad en estas iniciativas originadas en la nostalgia y producto de las emociones que suscitan estos tiempos de transición hacia una era de tecnología desbordante. Lugares como estos cargan con el sino de haber nacido dentro de la cauda de la antigua civilización y tal vez se marcharán con ella. Me dice la dueña que Albert Einstein, cuando trabajaba en los años treinta como profesor visitante en *Caltech*, a unas calles de allí, antes de radicarse en New Jersey como profesor de Princeton, tuvo su oficina en el segundo piso. Le pido verla, pero me dice que regrese la semana entrante porque están acondicionando el área para exhibiciones y lecturas. No es necesario, Einstein carga consigo el imaginario de su tiempo y conozco bien esta zona de la ciudad. Puedo visualizar la oficina de tamaño mediano, con un ventanal amplio a *Colorado Street*, y el escritorio apuntando hacia *Green*, los estantes empotrados en las paredes sostienen algunos libros y hay quizá un paragüero en el que está colgado un abrigo de tweed ocre con tejido *houndstooth*. Puedo sentir la resonancia de sus pasos sobre el tablado o descendiendo la escalera para dar una caminata por la calle de los cerezos rumbo a la facultad.

Tengo una botella de agua al lado del computador; cada vez que tecleo se mueve adentro el círculo delimitado por el plástico, vibra al ritmo del pensamiento. Apenas reposa entre letras o pausas; entre más rápido tecleo, mayor es el caos en el fondo de la botella.

En North Hollywood, un grupo de pacientes psiquiátricos fuma afuera del *nursing home* en el que viven. Parece que los enfermeros les permiten fumar, aunque tengan esas toses crónicas que sólo producen los pulmones raídos. El acto de aspirar, sentir el calor del humo llenar los pulmones, ingresar un humillo azul espiralado y liberar una columna horizontal de humo gris... eso le da sentido a la existencia. Cable a tierra, conciencia placentera del cuerpo, pero a la vez plataforma a la ensoñación. Fumar predispone a una percepción alegre del presente. Los pacientes salen a fumar frente a una pared en la que hay un cartel que dice "*do not disturb the occupants*", y que limita con una casita destartalada en cuyo jardín hay una enorme valla publicitaria que anuncia una película de terror; los ojos malvados de Anthony Hopkins brillan detrás de una cruz.

En Pasadena, el sonido más grato, sobre todo en el verano, son los loros. Por las tardes una algarabía verde limón cubre el cielo. Es la alegría eufórica de los pájaros. Según me contó el sastre vietnamita que me arregla las chaquetas, hace años una tienda de mascotas se incendió y unos pocos loros se escaparon. Después, gracias a la cantidad de árboles frutales que hay en la zona y a la ausencia de inviernos fuertes, lograron convertirse en una colonia estable. Leyenda urbana, tal vez, pero las aves liberadas por el fuego en una tienda de mascotas es algo muy hollywoodense.

Salí en bicicleta para *Huntington Library*. Era una mañana de verano, y aún vivíamos en la pequeña casa de la china que solía estar acompañada por tres patos blancos. Generalmente, una vez por semana iba a ver la pintura de Turner *The Grand Canal: Scene - a Street in Venice*, con su neblina luminosa. Cambié mi ruta para evitar el tráfico y de pronto me hallé en un vecindario de casas de un piso y tejados de madera. En los bellos jardines y calles había decenas de pavos reales que caminaban tranquilamente. Algunos desplegaban su abanico de plumas, agitándolo y danzando alrededor de las hembras, menos coloridas. Algunas de ellas iban seguidas por una línea de cuatro o cinco polluelos, y cruzaban la calle calmadamente. Jamás había visto pavos reales fuera de un zoológico. Le pregunté al sastre que me contó sobre los loros, y claro, también tenía una respuesta. Resulta que a finales del siglo XIX un terrateniente trajo de la India cierta cantidad de pavos reales para adornar los jardines de sus propiedades, y entonces, al igual que pasó con los loros, su población se había multiplicado. Ahora ese vecindario hace parte de nuestras caminatas vespertinas durante el verano.

Sandor Márai transita octogenario por las calles californianas. En las noches, casi por inercia, después de las dos de la mañana, cuando su esposa casi ciega al fin se ha dormido, la escritura surge. Dice: "A veces un par de versos, lo demás es un vacío total". Ya no hay más. La esperanza ya hace tiempo se ha marchado.

Por el bulbo de un tulipán enfermo, enfermó Ámsterdam.

Dice Michel Tournier que, según una leyenda rusa, Papá Noel podría haber sido un cuarto rey mago proveniente de aquella región. Un rey que partió cargado de regalos en un trineo y que, debido a la distancia, pero, sobre todo, a que se detenía para dar regalos y limosnas a los niños que encontraba en el camino, dio con Jesús 33 años después, el viernes santo, cuando ya se encontraba en el calvario. Noel habría llegado viejo a su destino, con las manos vacías, y le habría dado su alma a Jesús como regalo. La larga barba blanca sería el símbolo del tiempo tardado en encontrar al niño. Escribe Tournier: "unir con hilo de oro las dos imaginerías tan queridas por nuestras almas infantiles". Se refiere a la tradición nórdica y nevada del árbol navideño, a Papá Noel y los trineos, a la tradición mediterránea del nacimiento, y a los reyes y sus lujosos regalos: incienso, mirra y oro. De ser así, la tradición de Noel nacería en el instante más trágico. No surge del nacimiento, ni de la resurrección, sino de la trágica muerte. Aquel anciano tendría, al llegar finalmente a las afueras de Jerusalén, no el rostro afable y pulcro, o la gordura rebosante de alegría, sino el cuerpo de la fatiga y el agotamiento, el rostro quemado y las ropas en jirones. Y llevaría en la mirada —tal vez— el signo de la locura.

Estoy sentado en el sofá escoces que conseguí el verano pasado en una venta de jardín; me costó $5 dólares; está en perfecto estado y es muy cómodo. A esta hora el apartamento en forma de cubos está siempre silencioso. Puedo ver la piscina con el agua apenas meciéndose por el viento suave, y tengo a mi lado los diarios de Sandor Marai y *La montaña mágica*. No me animo a empezar a leer, pienso en mi papá y su enfermedad, todo es tan confuso.

Haber sido en Basilea discípulo de Burckhardt, verlo entrar a clase con su mamotreto. Esperar en el frío el calor acogedor de la historia.

Escribo para un lector al margen del tiempo. Al margen de mi tiempo, al menos.

La lectura de buenos libros debe ser un encuentro, y como tal tener el potencial de afectar el destino.

Tengo la certeza de que la literatura es un lugar que se puede transitar, habitar, como también se puede habitar la escritura.

La ausencia de lo sagrado, o el sueño de encontrar una ventana a ello, es la oportunidad de los hombres para hallar la belleza. También la oportunidad para convertirse en horda, manada o peor aún, en secta.

Atardece; estoy sentando en un *Subway Sandwiches*. Intento leer los diarios de Kafka; habla de un sueño con una bailarina que lleva en su cintura flores frescas; cada una representa a un príncipe europeo. Pero leo sin leer, reposo los ojos sobre las líneas, como lo hago a veces sobre las cajas de cereal o las cuentas de calorías en las bebidas. Hace frío, estoy solo. Mi experiencia más constante en este país ha sido la soledad. Una soledad, sin embargo, contadas veces, placentera.

Son las 3 de la tarde, 17 de diciembre, llueve. Estoy dentro del microbús que se dispone a llevarme a mi casa en *Temple City*. El conductor me tomó una fotografía frente al *Walt Disyney Concert Hall* de Los Angeles. Ese edificio diseñado por Frank Gehry, y que parece hecho con latas de sopa a las que les han quitado las etiquetas para que le sirvan al proyecto escolar de un niño, también despliega una inigualable belleza. El conductor del microbús me cuenta que es tailandés y budista; yo le digo que soy católico, pero no muy practicante; él, sonriendo, me dice que es tan budista como yo católico.

No existe una necesidad vital de interiorizar el conocimiento si se puede acceder a la información —su placebo— en segundos, usando un teclado o tocando la pantalla de un aparato que cargamos en el bolsillo. El hombre pierde densidad. La esencia de las emociones humanas tal vez será la misma, pero temo un paulatino y progresivo embrutecimiento del espíritu, un abandono progresivo a la pereza, una larga peregrinación de la existencia por interminables desiertos de tedio.

Pablo se ha instalado con su familia en Richmond, Virginia. Me cuenta de la ciudad, dice que algunas calles aún son de adoquín, y que yo estaría feliz allí.

Sin falta, cada noche, en sueños, recorro alguna calle bogotana; a veces ensamblada con edificios de otras ciudades, o cielos de otras geografías. Bogotá está dentro de mí. Recuerdo el sueño y suspendo la lectura y escribo estas notas.

Avanza la tarde; a veces se siente como un tamiz lento de las horas. Una libélula que va y viene, la he visto ya pasar varias veces en el silencio de dos a cuatro, matizado por el viento entre el naranjo y el tintineo del colgandejo de cristalitos en el marco de la puerta. ¿Quién lo puso allí? Está oxidado y descolorido. Estoy sentado en el sofá de cuadros de nuestro amplio apartamento que tiene la forma de tres cubos contiguos. En un rato debo recoger a Á. Cuando salgamos ya estarán rondando los loros. Ya van a ser tres años que dejamos la casa de la china tenebrosa.

Este mundo registra todo, lo muestra todo, comenta todo. Una suerte de tribunal global pareciera haberse instaurado. Un tribunal que es, a su vez, un espectáculo. Se acorta el tiempo para regresar a una realidad en que la conversación y la interacción con los otros no esté mediada por la tecnología. ¿Pero aún puede hablarse de mediar? Nos precipitamos hacia un mundo que parece sacado de una historia de ciencia-ficción, seducidos por la adquisición de objetos, por la sublimación de nuestra presencia en pantallas que dan la ilusión de masividad y cercanía, de ubicuidad imposible, cuando en realidad lo que se produce es otro flujo; aquel del consumo frenético de desechables y aparatos mesiánicos de cada temporada junto con sus detritos —las imágenes— que producen una contaminación similar a la de los plásticos en los océanos y vertederos urbanos. El camino: actuar íntimamente con la gente cercana y querida, vivir en una burbuja que filtre el flujo del tiempo, que ralentice el vértigo, que permita existir y, al existir, permita también el pensamiento.

Ya han pasado años desde mi llegada a esta tierra. Primero un par de días en Los Ángeles, la felicidad de ver a Á de nuevo, su voz primero en el aeropuerto y luego la imagen. Hay algunas fotos de esa noche. Las vallas publicitarias, el sonido oportuno de la canción *Only Time*, de Enya, en el Toyota blanco. Luego Santa Barbara y a los tres días volaba para El Paso. Otra geografía: y allí se abrió por tres años otro brazo del laberinto.

Lectura de unas páginas de Proust a mi papá, los párrafos que empiezan a describir a Swann. Siempre quedo fascinado por esas frases largas, que llenas de comas se explican a sí mismas e introducen ideas dentro de las ideas, como si se tratara de manantiales que brotaran espontáneamente debido a una proliferación inevitable e interminable del pensamiento, y que capturan hasta donde les es posible los detalles que el tiempo se ha llevado. Analogía entre el agua y el tiempo, pero, sobre todo, escritura pura. Esta escritura da cuenta de un universo al que de otro modo no se le presta atención, porque se habita en él.

El desierto, ese lugar atrapado en el tiempo, los atardeceres con múltiples tonos de violeta, las primaveras de polvo, la frontera. El Paso, Texas, merecería un libro pequeño para recorrerlo de nuevo con la memoria. En ese tiempo el desasosiego cedió, pero paulatinamente ha regresado. Verse en otras latitudes recorriendo un lugar que no se logra entender del todo. Esperando también que los demás edificios, las otras calles, las tormentas del polvo, me visiten en su versión real e intensa de pesadilla o sueño. Esa idea de que esta vida es un pálido reflejo de las series de instantes de los sueños. Un reflejo pálido, pero no un espectro; una realidad desprendida en la que la conciencia tiene que lidiar con otro concepto de tiempo.

La planeación precisa y constante del futuro, plena de imágenes y circunstancias, no es tanto una estrategia seria encaminada a la obtención de un fin, sino la mera acción de evadirse del presente, de una realidad que constriñe o vulnera. El cuerpo se protege creando alrededor suyo una concha de imágenes. Así, durante la vigilia, con nuestras conversaciones, nuestros planes y visiones, en realidad ocupamos el tiempo presente.

En los sueños se presentan, con una contundencia inusitada y palpable, un barrio entero del pasado, la textura de una calle, el viento de una tarde, la textura de la hierba en un andén o un parque, las luces de una lámpara de pie encendida tras los velos de la cortina de una casa. Todo llega de pronto, desordenado, pero la forma como se organiza el universo no importa porque la esencia está allí, plena. Más real a veces que las horas de vigilia de cada día.

Almuerzo en un restaurante tailandés, en Arcadia. Apenas tres mesas ocupadas, una de ellas con una mujer mayor que almuerza sola, mecánicamente. Me llama la atención que entre bocado y bocado no parezca pensar en nada particular. En la otra mesa, un par de chinos toman sopa. La corbata del gordo es fea, ancha y brillante. El extremo delgado es más largo que el ancho, y le llega a la mitad del pecho. El nudo, demasiado apretado, levanta los bordes del cuello de la camisa. Por un instante me recuerda las cofias aerodinámicas de algunas monjas. Lleva el pelo muy corto, cubierto de gel espeso. Su compañero —de nuevo el cine y las parejas de las comedias— es muy delgado, al igual que su corbata. También lleva el pelo rapado y cubierto de gel. No hablan entre sí. Yo estoy en la otra mesa, al lado de una ventana que da a la avenida Baldwin. Tengo, como siempre, los diarios de Kafka; se les empieza a desprender la portada. La luz entra muy fuerte por la ventana y se me dificulta leer. Los carros pasan despacio; hace calor, nada de la soledad maravillosa de Hopper.

Se acerca agosto; no hay noticias de la universidad respecto a mi contratación en el otoño. La tercera estación se puede vislumbrar desde agosto. Llega en las revistas, en las vitrinas de los almacenes, en los topes de calor (actos de despedida del verano), en la temporada de solicitudes de empleo. Parece que fue ayer, pero hace ya casi un año que mis papás vinieron a visitarnos; parece que fue ayer que vi a mi papá con su cojera incipiente, su debilidad. Recuerdo también la visita previa, tres años antes, el encuentro en el pasillo de vuelos internacionales. Encuentros felices y tristísimos, pues con cada llegada sabíamos que habría pronto una despedida y con ella la posibilidad de que fuera la definitiva. Sin embargo, a veces me siento tranquilo, a pesar de transitar por este caos y esta incertidumbre; es como un adormecimiento necesario, un escudo.

De nuevo vacaciones en Santa Barbara para celebrar el cumpleaños de Á. Estamos en verano, pero hace frío y las mañanas casi siempre están nubladas. España se coronó campeón mundial de fútbol; no vimos el partido pues el domingo manejábamos de regreso a Los Angeles. "Da nostalgia que se acaben los mundiales; después de los mundiales queda la nostalgia", dijo mi papá por teléfono en la noche. No lo había pensado antes, pero el mundial de fútbol es uno de esos eventos claraboya que nos ayudan a tejer coordenadas de nuestra historia personal. El primer mundial del que tengo memoria es el de 1974. Recuerdo el álbum de estampitas que mi papá me ayudo a llenar. Había un jugador alemán pateando el balón en la portada. Recuerdo también que caminábamos, mi papá me llevaba de la mano, tal vez un sábado en la mañana, el cielo un poco nublado, y yo le preguntaba infinidad de cosas sobre los jugadores y el fútbol. Luego, en el 78 —ese año Holanda era mi equipo favorito—, ya vivíamos en el conjunto blanco con el parque oval en el centro, al que ahora sólo entro en los sueños como si se tratara de un santuario vedado para la vigilia.

3:30 am. Desperté de un sueño, estaba en Bogotá, o más bien en un *collage* de la ciudad dominado por una zona del centro internacional y el área del planetario, pero también había una parte de la casa que teníamos en los años 80. Mi papá se encontraba bien y me ayudaba a buscar en un closet unas motocicletas pequeñas que supuestamente tenía —motocicletas que han habitado por años en mis sueños y que siempre, cuando despierto, alcanzo a dudar por unos instantes si existieron en la realidad. Pasaron más cosas en el sueño, pero desafortunadamente ya casi todo se borró. Los sueños, siempre esa cacería infructuosa. Ellos se aprovechan del esfuerzo que hace la memoria para capturarlos, para entonces escaparse.

Existo como colección de fragmentos.

No puedo pensar en la vida sin la presencia de una trama que la soporta, y entonces mi tranquilidad de algunos días, o algunas horas, me parece sospechosa. Busco siempre el relato, los puntos de giro, los personajes y sus fines.

Cuánta realidad hay en los sueños...

La literatura es lenguaje que se convierte en paisaje y vida dentro del ser humano. Leerle a papá y de paso leer para mí; tal vez sea darle algo de vida en su proceso, su mente está bien, pero está abandonándose a la enfermedad. Leer me acerca a él, espero que mi voz le dé algo de confort a su mente, al hecho de vivir día a día, hora a hora. Qué difícil es todo, qué triste es la vida, qué solos estamos todos.

Último día de julio; paseo en bicicleta hasta Pasadena, unas 20 millas ida y vuelta en dos horas, despacio, sin parar. Clima fresco. Dos encuentros: uno con un anciano con barba de papá Noel que pedaleaba su bicicleta en sentido contrario al mío y que me saluda: *"Good day for a ride ¿ah?"*. Y luego, cuando salgo del mercado, ya casi al llegar a la casa, un hombre estaciona su moto junto a mi bicicleta plateada (enorme la moto, pintada con la bandera americana por todas partes) y me dice, señalando el *bike rack*: *"It says for bikes, isn't?"*. Yo le digo que siempre he querido una motocicleta, pero que mi esposa jamás me dejaría tener una; entonces me responde: *"You know what they say, is always better, to ask forgiveness than permission. Besides, she will be mad a couple of days, and then she will be fine"*. Le deseo un buen día y salgo en mi bicicleta, anhelando seguir el consejo.

Paseo de 22 millas —ida y vuelta— en bicicleta hasta *Old Town* de Pasadena. Un clima perfecto. Ya en la casa me como un pedazo de pollo y me dispongo a lavar los platos; tomar luego una ducha, y llamar a mi papá para preguntarle si desea que le lea un rato *La montaña mágica*.

Ayer en la tarde, mientras caminábamos por el barrio de los pavos, uno de ellos, brillante y altivo, ostentando el verde y azul más brillantes que he visto esta temporada en uno de ellos, picoteaba sin parar su reflejo en las puertas de un Lexus negro. Dejaba una muesca con cada picotazo, pero no era agresivo; parecía más bien intrigado con su imagen. Por un momento, incluso, se inclinó debajo del carro como buscando las patas de su reflejo. Hemos visto menos polluelos en el vecindario, también más gatos.

Sueño que camino por un pueblo ensamblado con múltiples lugares de mi pasado. Me desvío, tomo una ruta paralela a la que recorría inicialmente y empiezo a devolverme, y cuando me devuelvo también regreso en el tiempo. La gente me ve muy delgado y débil, pero yo me siento bien. Apenas despierto tomo el libro de sueños que tengo en la mesa de noche y escribo algunas cosas sobre el sueño. Este libro es en realidad un cuaderno de tapa dura color púrpura, con unos cuervos volando alrededor de un árbol. Pero el sueño se marcha y se pierde en la espesura de la confusión como el siervo que observaba al cazador, y antes de que este dispare, huye entre la espesura del bosque dejando su rastro en la agitación de las ramas.

Aún no hay noticias de North Carolina; Á y yo no hablamos de otra cosa.

La idea más básica de la felicidad está asociada con el reconocimiento. Pero sólo la ausencia de nuestro reflejo en los otros construye un camino a la tranquilidad y le otorga al pensamiento su felicidad. Se respeta así más al que se ama y la vida se acerca a lo que sería un sentido dentro del sentido.

Viernes. Salí hace un rato de la odontología y camino por la avenida Las Tunas hacia Arcadia. Hay un sol decembrino, caliente, inusual incluso para el tímido invierno californiano. Camino por los locales comerciales del vecindario, compuesto en su mayoría por tiendas o restaurantes chinos. Hay, entre los locales, algunas buenas panaderías. Aun así, no alcanza a ser un barrio chino como los que visité en Filadelfia o Nueva York, o los que tantas veces hemos visto en las películas. Atiborrados de luces de neón, avisos verticales, cocinas humeantes y patos horneados colgando en los ventanales. Este es un vecindario domesticado, despojado del misterio del celuloide. Pero llama la atención ver que cada vez hay menos estadounidenses blancos en esta zona. Los pocos que a veces se ven son viejos. Se les encuentra en los mercados demorando las filas mientras llenan sus chequeras para pagar, o moviéndose lentamente apoyados en los caminadores cuando cruzan una calle. Cada vez se escucha menos el inglés, y más el cantonés, o el mandarín. Al atardecer el barrio se llena de chinos. Los jóvenes corren con sus zapatillas de marca y con los audífonos de sus teléfonos puestos, pero los mayores caminan, y durante la marcha abren los brazos ampliamente y los cierran en un aplauso mudo a la altura del plexo solar. La misma marcha tiene lugar en calles distintas, como si obedeciera a una coreografía dogmática organizada en

Asia años atrás y que tuviera como finalidad ser visible desde el aire. En las mañanas, en dos de los parques que se encuentran entre Duarte Street y Las Tunas, algunas ancianas practican tai-chi. Sé que Raymond Chandler vivió cerca, pero no he logrado encontrar su casa.

Cuenta Botul que, en Konisgsberg, Kant paseaba con una maquinita en el bolsillo de su pantalón. Estaba hecha con el mecanismo de un reloj y evitaba que las medias se le escurrieran. Y cuenta también de una mujer casada, María Carlota, que en sus cartas parece coquetear con el filósofo. Le dice que quiere verlo, y habla de "darle cuerda al reloj". Imagino a Kant en su paseo diario, las manos en el bolsillo, sosteniendo la cuerda de la maquinita. Y quizá los dedos acarician la carta, ese encuentro siempre pospuesto con María Carlota. Esas fascinantes cartografías coremáticas de los libros. Pienso en el paseo diario de Kant y luego veo, a unos cientos de millas de distancia, y también adelante en el tiempo, a Virginia Woolf internándose en el río Ouse con los bolsillos de su *tweed* llenos de rocas.

El duelo. Cuando el ser querido ya no está, todo se vuelve, una y otra vez, uno, uno, uno. El lugar en el que uno quedó.

Enero; hace frío. En la cocina, sobre la mesa, tengo 30 botellas de agua envueltas en un plástico. Con un cuchillo que tiene una punta bífida hago 4 veloces tajos para liberarlas del plástico y ponerlas alineadas sobre la mesa. La punta del cuchillo y la velocidad del corte abren un orificio en cada una, como hecho con un alfiler. De pronto, sobre la mesa —entre servilletas, chocolates, sal, pimienta, aceite de oliva y la tostadora— tengo aproximadamente 30 chorros oblicuos. Aún con el cuchillo en la mano, comprendiendo apenas lo que ha pasado, observo cómo nace una singular fuente.

El sábado soñé con mi papá. Había regresado. Llevaba, primero, un traje oscuro; después uno gris. Se veía joven pero desconcertado; yo sabía que ya no estaba con nosotros; entonces lo abracé y vi que en el lado del corazón se le había formado una manchita de sangre, en la camisa blanca, como se manchan las camisas con la tinta de un estilógrafo. Yo lo abrazaba del modo en que no pude abrazarlo durante sus últimos días (mi mayor dolor) mientras él se iba envejeciendo, volviéndose en mis brazos más y más frágil, hasta morir de nuevo. Llovía y había un laberinto: parte, la universidad de mi papá; parte, el colegio donde solo estuve un año, en primero de bachillerato, con esa portezuela de madera en medio de un portal más grande; y luego era un centro comercial. Esas arquitecturas híbridas que se erigen en los sueños. Era de noche; llovía mucho y yo lloraba sin parar; desconsolado, literalmente solo, desamparado. Así me siento, un poco cada día, desde que murió.

Caminábamos por una calle llena de árboles sobre Paseo Colorado Street, cerca de la sala de cine. Me detuve y le dije a Á: "Mira, así es Wilson, pero con más arboles". Y Á me muestra el nombre de la calle en un cartelito verde con letras blancas oculto por unas ramas: *Wilson*.

Pasadena, California.
Los cines de fin de semana en Colorado Street.

II

Moleskine de College Station
(2008-2012)

Regreso a College Station. Una sorprendente luz vespertina baña la tarde. Es una luz fría que resalta las hendiduras en los troncos de los pocos árboles que aparecen de tanto en tanto en el camino, y que envuelve, en una neblina dorada, la hierba que se extiende a cada lado de la carretera. Esta luz me hace pensar en el cuadro veneciano de Turner, que vi por última vez hace unos días. Calma, no hay muchos pensamientos, solo el ojo descansando.

Escribo con estilógrafo en una libreta Moleskine de hojas marfil. Páginas y páginas escritas sólo por el placer de deslizar la pluma sobre el papel, ver el color ocre o turquesa aposarse y dar el impulso a otra línea. Escuchar el sonido tenue del trazo, más afortunado a esta ahora de la mañana. Hay un silencio que sólo es interrumpido por algún carro esporádico y lejano o el graznido de un cuervo. Muchas frases ilegibles, y poco que valga la pena más allá del instante de la escritura. Sin embargo, a veces, cuando he releído otros apuntes similares creo descubrir sobre ellos una pátina; es como si una especie de erosión hubiera quebrado sus líneas para que apareciera en ellas un brillo o una veta. Como el río que, desde un avión, y bajo un cielo despejado a cierta hora del día, se transforma en hilo de plata o en el rastro de una babosa gigante que hubiera transitado recientemente entre las montañas.

College Station pace en el centro de Texas, en un terreno plano y monocromo, salpicado de agujas de iglesia. Es el lugar propicio para el regreso intacto de la memoria. Imágenes inéditas del pasado irrumpen de pronto una tarde mientras escribo, se presentan durante una caminata al mercado, o durante un almuerzo. Voces y texturas retornan impolutas, pero aisladas, breves y concretas; y como los bloques errantes de una catedral que ha estallado buscan anclar, o anclarme, en este lugar que siento ajeno.

Relecturas de Hanna Arendt, su idea de que la posibilidad del milagro se encuentra en la acción, en la posibilidad que tenemos los humanos de tirar los dados una y otra vez. Llegué a Arendt gracias a un profesor de la universidad que enseñaba una clase de políticas de la comunicación. Qué buena clase era. Yo, que ya era mayor en ese entonces y traía algunas lecturas, podía más o menos captar lo que él trataba de hacer, enseñándonos a leer profundamente un texto, y a la vez, desde él mismo, desplegar un saber, generar articulaciones con el mundo cotidiano y el presente... Si logro capturar, después de los años, el recuerdo y el pensamiento de al menos uno de mis estudiantes, me daré por bien servido. Pero, regresando al tema del desperdicio, pensaba en esas dos horas de clase, en la voz del maestro, en esa luz única que se desperdigaba en las ventanas y los minutos, y que él trataba de concentrar en nuestras retinas. Pienso en esto sentado en el carro mientras veo un universo de minúsculos mosquitos blancos, brillantes, que reflejan la luz en sus alas, danzan caóticamente entre las ramas de un árbol. Si un niño medieval —o simplemente un niño, con algunas historias leídas— los viese, creería con certeza que se trata de un enjambre de hadas vibrando alrededor de su nido feérico.

Desempacar. Primero los libros, ponerlos en orden en el marco de la ventana y en los estantes de la biblioteca que empieza a desmembrarse. De la maleta pequeña saco la libreta de apuntes, la hojeo, y la pongo sobre el escritorio al lado de la pluma. He regresado para el otoño, pero aún hace calor. En esta tierra la estación de las hojas tarda. Observo la habitación. Por un momento parece como si mi presencia de los instantes antes de partir flotara aún fresca y espectral. Creo sentir la prisa, e incluso un rastro de colonia... pero la impresión es breve. Cuando intento prestarle atención se evapora. Pienso en la vida interior que debió ocurrir aquí desde que cerré la puerta. El polvo sedimentándose en su interminable danza espiral, la botella de Old Parr que reposa en la esquina del escritorio y que, en ciertas horas de la tarde, se iluminaba tal vez con una luz ámbar. Imagino el canto del tren de las 5 de la tarde resonando en la habitación, y a las arañas asechando en los rincones, ajenas al mundo que transcurre afuera. ¿En qué música se traduciría el sonido del tren al hacer vibrar los hilos de sus telas? Ya se ha realizado el empalme, estoy en el Campus, me dispongo a soltar raíces nuevamente.

Observo la pluma que encontré a la entrada del apartamento. Negra, azulada, pertenece a un cuervo. College Station es el reino de los cuervos. Una pluma no necesita del ave o del ala. Intento recorrer su diseño desde la torpeza de la tierra y pienso en un huevo, aquella frágil pretensión de armadura que guarda dentro de sí el secreto del vuelo y la letra. La finalidad es la pluma.

Una ciudad de jóvenes. Los viejos, casi siempre profesores, escasean, y por lo tanto gozan de cierto exotismo. Tampoco hay muchos niños. No es, en todo caso, lo que se esperaría de una ciudad con tanta juventud; aunque se siente en ella una especie de vitalidad impaciente, una energía latente, es por lo general una población tranquila. La juventud de la ciudad se manifiesta en cambio en la ausencia de antigüedad, es como si no hubiese espacio aquí para la historia. Hay algunos edificios antiguos, pero se ven fuera de lugar, incómodos en la planicie sosa; excepto el domo y la campana del edificio donde se aloja el departamento de español, que son el plomo, el peso de la ciudad y del campus.

Los insomnes son seres que pertenecen al mundo de los sueños. Exiliados de sus confines, la necesidad de recuperar esa patria se vuelve pronto un tormento. Para el insomne el tiempo es sólido, palpable; lo hace consciente del lugar que su cuerpo ocupa en el universo, de forma similar a como ocurre con los enfermos. Es también la conciencia de su impotencia. Esa vigilia nocturna pronto se vuelve pesadilla, y en la cama da vueltas sin censar, anhelando encontrar, en una postura, en un pliegue de la almohada, o en la frescura virgen de un fragmento de sábana, un portal de regreso.

Pienso en mi forma de creer.

La tarde. Estoy de nuevo en el quinto piso de la biblioteca Evans. El silencio que se incrementa gradualmente en cada piso es ahora casi total. Leo el primer tomo del diario de Alfonso Reyes. Es 1926. En una de las entradas habla de su visita al hotel donde Proust escribió *La Recherche* durante sus últimos años. Esa entrada se convertirá en un pequeño ensayo del libro de 1945, *Grata compañía*. La entrada de Reyes fue escrita no muchos años después del fallecimiento de Proust, y el peso del silencio que tanto demandaba el escritor quizá se sentía aún en el quinto piso del número 44 de la Rue Hamelin. También cuenta Reyes que, por esos días en París, André Gide había puesto en venta su biblioteca, sólo con el fin de conseguir dinero.

Paso invierno y verano en compañía. Durante la primavera y el otoño siempre estoy solo. Cada vez que regreso a alguna de mis habitaciones después de una estadía larga, ya sea en Texas o en California, se presenta la ilusión de un nuevo comienzo, y ordeno. Desempacar la maleta metódicamente. Luego disponer de nuevo la vida, acomodarla a las rutinas de cada lugar, recuperar algunas, adquirir otras. Desear un orden. Los recorridos en la bicicleta por el campus, usando la ruta a la que se le conoce el pulso del tráfico en esta ciudad de bicicletas, y que altero con pequeños cambios; un giro más en una esquina, una parada adicional en un café. Series de rutinas con las que vivo; la visita puntual a ciertos restaurantes en días específicos de la semana: *brisket* los jueves, pizza de anchoas los viernes, comida tailandesa los lunes, dormir en las tardes acompañado del canto de tren, la planeación de la lista del mercado y el cálculo del peso que esta hará en la maleta cuando regrese a casa en bicicleta, los horarios anárquicos para ver películas que entre su desbarajuste se pliegan a un orden superior. Todo pretende un orden, pero una gran parte de este orden es breve, porque con el paso de los días el caos comienza a ganar el espacio de las pequeñas cosas. El desbarajuste es la otra opción del solitario. Es la libertad que deviene desorden; la posibilidad, al darse espacio, de cederle terreno al caos que siempre acecha cuando no hay otro ser que nos proteja con sus propias territorialidades y diplomacias.

Anoche leía en Cioran sobre el carácter demoníaco del tiempo.

Todo debería aspirar a cierto método, a cierta búsqueda del arte, aunque se trate sólo del gesto. Es decir, las cosas que hacemos en nuestra vida diaria: buscar con ellas un arte de lo sencillo y cotidiano. El modo de sostener y hacer crecer una conversación, la forma de preparar una comida o tomar una fotografía. Detenerse, encuadrar, tener paciencia para que el tiempo pase a través del lente, la luz encuentre su pose ideal y entonces obturar para capturar el tiempo. Tener siempre en cuenta, en todo caso, que se trata de una aspiración, no de una finalidad. El arte es más un encuentro que un ejercicio. El oficio es, por su parte, lo que le permite al arte morar temporalmente en el artista durante su peregrinaje milenario.

Con frecuencia, en las noches, cuando no puedo dormir por la congestión producida por las alergias, o simplemente al despertarme súbitamente de un sueño perturbador, enciendo el lector electrónico y abro algún libro (como en estos días). *La tumba inquieta*, de Cyril Connolly. Es la voz de un viejo amigo que cuenta siempre la misma historia, pero que nunca logra aburrir con ella. Un encuentro grato para aliviar el desvelo.

College Station es una ciudad de cuervos y bicicletas. En los veranos, cientos de bicicletas se quedan abandonadas en el campus y me hacen pensar, cada vez, en estas líneas de Cortázar en *Las babas del diablo*: "con ese aire de doblemente quietas que tienen las cosas movibles cuando no se mueven". En noviembre los cuervos llegan a la ciudad a su convención de otoño. Siempre me alegra verlos. Se reúnen por cientos al atardecer. Su lugar favorito es el estacionamiento de un supermercado, y llenan la tarde con su algarabía alucinante. Se posan en los cables de la luz o se prenden de los árboles, erizándolos de color negro, como frutos oscuros e instantáneos que, en lugar de caer, se desprendieran de las ramas para orbitarlas y regresar a ellas en medio de la algazara. Por momentos es inevitable sobrecogerse ante la cantidad y los gritos de estas bellas aves oscuras y azuladas. Hitchcock, cuando hizo *The Birds*, seguramente presenció una imagen así.

De pronto, una simple conversación o un gesto se vuelven portales del más insondable vacío.

Soy vecino de Ferlinguetti Batista. Sin embargo, la primavera vez lo vi, paseaba con su bastón por el French Quarter en New Orleans. Llevaba una máscara veneciana púrpura y una gabardina militar negra, que —supe después— había adquirido en una tienda militar en la entrada norte del Campus. Unos metros más arriba de la casa de Ferlinguetti, llegando al limite occidental de la ciudad, hay una casa blanca rodeada de rastrojo y hojarasca. Allí vive un gordo albino que sale a tocar tuba cuando hace buen tiempo, y que siempre escrudiña con la avidez de un cazador de tesoros nuestras basuras antes de que pase el camión a recogerlas.

El pasado individual más puro y vital reside en los sueños. En ellos, siguiendo el patrón de un movimiento caleidoscópico, la existencia se replica y crece inagotablemente. El pasado también se encuentra depositado en las imágenes y los objetos. Habita en ellos esperando un reactivo, un evento, una mano, una mirada que haga sinapsis y le permita existir nuevamente. Aún hay otro modo del pasado, aquel que conforma la idea de la memoria colectiva. Es más amplio, sustenta el fondo donde recostamos la existencia individual, pero carece de profundidad; es lo que llamamos, en un sentido muy general, historia. Series de lugares comunes, datos de los que generalmente conocemos solo el barniz de la última superficie. La profundidad de la historia solo ocurre para el individuo cuando indaga por ella, o cuando de pronto se ve confrontado o arrastrado por sus mareas brutales. Un huracán que ahoga una ciudad entera, una guerra, una matanza. Nuevamente los objetos, las estructuras, los testimonios individuales, las geografías... todos ellos son los custodios de dicha memoria.

Después de estar internado, a los 19 años, Courbet vive una temporada en la casa donde nació Víctor Hugo. Hay una pintura de Baudelaire realizada por Courbet. El poeta, aún joven, lee. Tiene una bufanda color mostaza y una pequeña pipa humea en su boca. En su escritorio, un libro y un cuaderno reposan sobre una carpeta con esquinas de metal. En el tintero hay una pluma blanca.

Un lector y un escritor se encuentran en los intersticios entre libro y retina. Allí se produce una dimensión o un quiebre del universo que habita entre ellos, y la literatura surge.

Cuando era niño, con el periódico de los domingos regalaban, como publicidad de una marca de jabón, un pueblo del Oeste. Se trataba de un tablero de cartón con unas casitas plegadas que se levantaban. En el tablero estaba dibujado el mapa del pueblo y los lugares para emplazar la cantina, la iglesia, la cárcel, la oficina del sheriff, el correo, el banco. Luego, al comprar los jabones, se obtenían los personajes de plástico. Entre más jabones más personajes, hasta llenar el pueblo con cowboys listos a desenfundar sus revólveres, caballos de cabezas desproporcionadas, carretas, bailarinas de can-can con enaguas de muchos pliegues, un pianista y su piano, un sheriff. Había olvidado ese pequeño pueblo del oeste, hasta que estuve por primera vez en el *North Gate*: las calles frente al campus, con los restaurantes de comida rápida, algunos bares, peluquerías, e incluso el surplus de ropa militar para los cadetes. Entonces el recuerdo de las casitas de cartón de mi pueblo del oeste regresó de inmediato y con ella la luz matutina de los domingos.

Una tarde, cuando llegaba a la facultad, vi a un par de muchachos. Uno de ellos ponía su mano sobre el hombro del otro, que parecía consternado. Tenía una mano sobre la frente y los ojos cerrados con fuerza. Parecía sentir un gran dolor y su amigo lo estaba consolando. Pensé que de pronto se trataba de alguna pérdida, o en el mejor de los casos, de algún sufrimiento amoroso. Una hora después, cuando salí de la facultad, el muchacho predicaba a gritos la palabra de Dios. Acusaba a todos de pecadores, les prometía el más doloroso de los infiernos. Su amigo —entendí después— lo acompañaba en la oración, le daba fuerzas para la prédica.

Combato el desorden todo el tiempo, y cuando logro dominarlo, los libros se convierten en la compañía más cálida. Comparables con la presencia de un perro silencioso que observa nuestros movimientos y está listo para acompañarnos, a la sala, a la cocina, o al fin del mundo.

El atardecer se fue en silencio. El perro ha estado aburrido. ¿Comparten los perros el tedio de los humanos? ¿No es acaso el tedio el más humano de los rasgos? Al observar a Picasso —el temperamental Beagle de Pablo recostado a mis pies— suspirar de tanto en tanto, levantar la mirada a mi menor movimiento, o correr a la ventana cuando escucha pasar un carro, no dejo de pensar que atraviesa por un periodo de tedio. Se acerca con diferentes juguetes; como lo ignoro, refunfuña. Incluso, en cierto momento, mientras escribo, pone las patas sobre el teclado y me gruñe cuando lo hago bajar. Distingo en el gruñido el tono de la queja, del rezongue. Después de ladrarme un par de veces y de yo gritarle se calla, agacha las orejas, pero —aún indignado— vuelve a gruñir. Si hablara estaría diciendo algo entre dientes. El silencio de la tarde nos envuelve nuevamente. Se acuesta a mis pies. Yo sigo —no muy diferente de él— aburrido, picando las mismas páginas de Internet, intentando leer. El perro suspira; de pronto ve un zancudo que revolotea torpemente contra la pared. Parece que ha logrado comérselo, pero veo que lucha con algo —seguramente una pata del zancudo— que se le quedó pegada en el paladar.

Que nos enamoremos de una inteligencia, o que ciertos rasgos de la inteligencia de quien nos enamoramos incrementen su belleza, tiene que ver con la capacidad de nuestra inteligencia para apropiarse de todo elemento que le es útil a su fin.

La sensación de irrealidad que me produce el *Norh Gate*. Unas veces es una versión a mayor escala de mi pueblo del Oeste de la infancia; otras, un estudio de Hollywood abandonado en el que algunos nómadas hubieran decidido asentarse después de peregrinar por la planicie en espera de un cambio en el paisaje que jamás llegó. Ahora soy un transeúnte habitual de esta zona, visito el correo, el banco, los bares y restaurantes. Almuerzo con frecuencia aquí. A veces entro al surplus militar, o al bar pavimentado con tapas de cerveza. Todo acá se siente artificial y pasajero. La mayoría de los habitantes de la ciudad se quedan apenas un lustro, y su presencia siempre será transitoria. El tiempo de los profesores, pasajero también, es un poco distinto. Los estudiantes llegan y se marchan de sus clases como la marea, más o menos siempre de la misma edad, pero en este vaivén los profesores envejecen.

Niños centroamericanos cruzando solos la frontera. Pienso en el flautista de Hamelín.

Tantas notas en los diarios. En el computador, páginas enteras de fragmentos de vida que al regresar a ellas me dicen tan poco; en cambio, otras, revelan un mundo de cuya existencia, en el momento de escribirlas, no era consciente.

La biblioteca Evans, en la sección de artes, es la atalaya del campus y de la ciudad.

A diario barro y ordeno mi habitación. Me ayuda a respirar, a pensar. En lugar de esas cajitas zen de arena con rastrillo que hay a veces en los escritorios de los médicos, tengo el piso de madera, una escoba amarilla, un recogedor azul y un caos servil cada mañana.

Leo en alguna parte que el Papa Benedicto no dejará destruir su anillo, no va a quitarse el vestido blanco, ni se marchará del vaticano. Habrá entonces, por un tiempo, una iglesia católica bicéfala. A unas millas, en Turquía, habita uno de los patriarcas ortodoxos. Rastros de profundidad en un mundo devorado por las superficies.

Regreso a mi casa en bicicleta; ya está oscuro. Los antejardines son ahora negros; luces, sólo en las ventanas. Volteo por una calle que jamás había tomado en la noche. La oscuridad es casi total, y el foco mortecino de una puerta me recuerda una pintura de Magritte. De pronto la oscuridad se vuelve otra cosa, y ya no está Magritte; ahora es —como siempre— el cine, dando paso a otra atmósfera. El ruido de la cadena de la bicicleta, el pedaleo, la oscuridad, las casas y sus negros antejardines, los árboles oscureciendo aún más la noche. Siento que mi casa se aleja y pienso, con toda naturalidad, casi con certeza, que un hombre lobo estará acechando detrás de una barda, o acurrucado en un tejado. La nuca se tensa, pedaleo más rápido y sacudo la cabeza para regresar a este lado de la realidad.

Escribir a veces hasta el mínimo pensamiento: tratemos de cazarlo, domesticarlo; y si repta, soñar con hacer de él un ángel. Pues la mayoría de las veces los pensamientos viajan lejos de lo escrito. Escribir, para protegerse del infatigable tedio.

A veces debo enfocarme en una ardilla, en la bandera estrellada, en el otoño, en el café y las melodías navideñas en los almacenes, en las bicicletas amarradas a los árboles, en las camionetas de platón grande, para cerciorarme de que estoy acá; de que no continúo en Bogotá, que, de cualquier manera, se va borrando.

Con cuánta frecuencia despierto y siento que la vida de la vigilia es el reflejo pálido de las series de instantes de los sueños. Un reflejo que se transforma en una realidad desprendida donde la conciencia tiene que lidiar con otro concepto del tiempo.

Las palabras migran a través de las existencias, se detienen en los hombres y las tierras. Traducen el mundo para los nuevos cuando los viejos mueren y las geografías cambian. Se instalan siempre primero en las fronteras, las iluminan y viven, nuevamente, de otra forma.

Estoy en la biblioteca; me quedé dormido en un sofá. Al despertar, hay muchachas en flor por todas partes. El primer piso de la biblioteca es el lugar más vivo de la universidad. Al lado mío, sin embargo, un hombre muy anciano, más de noventa años, tal vez, leía un periódico. Se levanta y lo cierra. Es muy alto y lleva un descomunal sombrero de jardinero. Su cuerpo tiene, al caminar, la forma de una "s"; su bastón, también con varias eses. Todo él responde a un ondeante diseño cuya finalidad se me escapa. Su paso es extremadamente lento; lleva el pantalón caqui más arriba de la cintura, y una camisa blanca con rayas azules verticales que contrastan con la onda que es el resto de su cuerpo. Pienso con toda naturalidad que en cualquier momento se va a esfumar, que su presencia en la tierra es tiempo extra. Caminaba, sin embargo, tranquilo. ¿Será algún un profesor retirado?

Que nunca cesen esos recuerdos esporádicos y puros que llegan cuando menos se les espera.

La luz plena de las primeras horas de la mañana. Aquella que ya ha desplazado al azul indeciso del amanecer resulta la más bella. Es, por lo general, a menos que ocurra en la mitad del estío, una luz fría. Pareciera que su finalidad es puramente estética. Sin embargo, insufla vida. En los bosques, junto con el viento, parece ser la razón de ser de los arboles; como la razón de ser de los ríos, el sonido de su cauce. En las ciudades, esa misma luz acompaña a los que abren los locales y trapean sus entradas. Acompaña el sonido de las persianas que se levantan, o el de las cadenas al caer después de haber sido liberadas de sus candados. Los techos, portales y fachadas parecen ser su razón. Esta luz matutina, al posarse sobre el mundo, lo libera de la oscuridad o de la luz artificial a la que fue sometido durante la noche, mientras este se prepara así, cada día, para su tránsito por la historia.

La intención de la escritura siempre está conmigo. Reposa a mi lado como un perro resignado a envejecer al lado de su amo. Pero es casi siempre una intención que rara vez se resuelve en su destino concreto.

Buscamos con Pablo toda la tarde el nombre para una revista digital, otro proyecto que tal vez resulte inconcluso... como tantas cosas. Finalmente aparece un nombre: *Inactual*.

Hay una invasión de grillos en College Station. Están en todas partes; a veces parece que los pisos de los establecimientos se movieran. Es posible que en un futuro no muy lejano hambrunas comiencen a asolar al planeta y estos animalitos pasen de ser sacados a escobazos de los establecimientos, a ser una de las proteínas más valiosas. Poblarán entonces los menús gourmets de los restaurantes de las élites.

El ventilador gira silencioso. Justo en este instante hay, sobre todo, silencio, excepto el murmullo múltiple, casi eléctrico de los grillos.

Lectura de los diarios de Kafka, en *J Coddys*, un restaurante tejano que vende el mejor *brisket* del vecindario. Hoy los acompaño con salchichas y papas. Había ordenado un sándwich, pero la mesera me trajo el plato sólo con el brisket y la salchicha. *I'm sorry honey*, me dice y se lleva el plato. Tengo hambre, la detengo, *just get me the bread*, le digo. Cuando sonríe un diente de oro brilla. Se va y regresa unos minutos más tarde con un pan tibio. Se lo agradezco, y ella sonríe de nuevo. Armo el sándwich. Es Domingo de iglesia; llegan las familias con su vestido de domingo, algunos hombres con sombrero, camisa a cuadros debajo de los blazers, botas, hebillas enormes. El canal de deportes de la televisión brilla entre los animales disecados. Un gato montés, un alce enorme cuya cabeza se cierne sobre las mesas. Me pregunto cómo se sostiene su enorme cornamenta mientras Kafka, en enero 1911, escribe en su diario y se da cuenta de la futilidad de lo escrito: "Lo escrito sustituye entonces, por propio deseo y con la prepotencia de lo fijado, a lo que se siente de un modo general y lo hace únicamente de manera que el auténtico sentimiento desaparece y uno reconoce demasiado tarde la futilidad de lo anotado". Como y leo; afuera el invierno se marcha, empieza a hacerse intermitente. Su movimiento permite la entrada esporádica del calor, pero es poroso. La semana entrante, nuevamente, habrá frío. Unos días antes, el 27 de diciembre de 1910, Kafka se pregunta acerca de cómo llenar lo escrito con vida: "Mi fuerza ya no da para una frase más, si se tratara de palabras, si bastase colocar una palabra y pudiera uno apartarse con la tranquila conciencia de haberla llenado de uno mismo".

Noche de brujas. Los disfraces se ensamblan. Pequeñas obras de teatro producto del montaje arbitrario. Un papa recostado contra una pared estira la mano para que la bese un hindú arrodillado. Unas jovencitas —gatas de orejas y bigotes negros, faldas minúsculas de las que penden colas negras— caminan voluptuosamente, liberando una promesa a los ojos ávidos tras las máscaras. Una Barbie, aún en su caja de acetato y cartulina, se abraza a unos cubos de tetris. Siete enanos irlandeses verdes dan saltos y se abrazan con gorilas y jugadores de basquetbol de los años setenta con afros descomunales. En medio de ese flujo caótico en contravía, un controlador de tráfico aéreo juega a organizarlo. El disfraz es la posibilidad de la representación. La liberación exacerbada que permite cruzar temporalmente esa frontera burbujeante donde existe un estado indomesticado del ser. Disfrazarse es una felicidad estética.

La música es el otro universo. Debemos vivir con ella, como en una película. Como en la banda sonora de una película.

La voz de la mujer que se ama se transforma en música toda vez que entra en el caracol. Manifestación en el oído de la más pura voluntad.

El tren de las cinco, cada tarde: un sonido grato para escribir, para acompañar los primeros minutos de una siesta.

Hay un mapa en la vía láctea y Santiago duerme por siglos bajo El Andaluz.

Ver en serie a Van Gogh, y de pronto notar —de un modo inédito para mí— la presencia constante del azul cobalto. Puntos, trazos espesos de ese azul que obra como la trama de volúmenes y texturas de cielos y aguas, de los tejidos de las ropas y las pieles. O el negro: los cuervos elevándose del centeno al cielo cobalto, vibración de alas y gritos.

El carácter fragmentario de los diarios es aquel que otorga la libertad al escritor. Cada entrada en sí se desprende de la ilusión de un continuo. La vida y la historia humana oscilan y se producen desde una constelación de fragmentos. Una entrada de diario es una manifestación a escala mínima del operar histórico.

Necesidad de escribir desde todas partes en este cuaderno, permitir y obligar a los pensamientos a que se ordenen, breves y concretos, de modo que después de que lleguen y mueran dejen al menos una estela, un rastro en el papel.

Ser descubierto en una mentira estúpida, avergüenza más que ser hallado tras una mentira construida con arte y método. Dirigida con tenacidad a un fin.

El rastro de mi sangre. Hubo, tal vez, un vasco que llegó en un barco, huyendo de una vida que lo agobiaba. Ignoro cuándo el amor se reflejó en los ojos brillantes de una niña, en la antigua tierra, y el deseo que vibró ya al otro lado, en una niña oscura. El niño se volvió hombre en el continente. Allí se endurecieron sus manos, sobre todo su mirada, que jamás se acostumbró del todo a los horizontes más verdosos que minerales, y que despertaba cada día con el bullicio de centenares de aves e insectos.

Relectura de unas entradas de los diarios de Ribeyro, cuando se encuentra por primera vez en París. El temor y arrepentimiento de no haber registrado unos detalles de los años anteriores cuando llegó a Europa. Para el diarista, cuando algo no se registra en el momento, sobreviene un sentido de perdida en la memoria escrita que queda. El escritor de diarios crea un flujo de memoria paralelo y actualizado. El registro del diario le permite (al releerlo) sentir, de nuevo, parte de la textura del pasado y el recuerdo del momento de la escritura, enlazados en un fragmento de tiempo. Cuando se escribe con la memoria distante, se realiza un tipo de trabajo más cercano a la creación.

Cada día entro al edificio de la facultad, observo la campana, su fisura en el borde, el ojo del domo, los pasillos y sus coordenadas. Un pliegue de mí mismo en los pasillos, tan fuera de lugar como la campana. Pienso en lo pasajero de las cosas, en la serie de eventos que me trajeron aquí. Muchos de ellos, casi todos, creía yo, destinados a otras cosas. Un texto escrito en Bogotá hace años, y sobre una Bogotá que seguramente ya no existe, se anticipó y dio por mí los primeros pasos. Entré a la maestría en Creación Literaria en El Paso ya hace algunos años, gracias a esa pulsión de escritura que ocurría en las tardes y noches bogotanas, cuando sentía que la novela me reclamaba y necesitaba saber cuál sería el destino de los personajes a los que les estaba dando vida. Ahora, cada vez que pienso en Bogotá, en mi pasado, siento, sobre todo, distancia. La novela jamás se terminó. Sus personajes aún rondan mi laberinto, inconclusos, viviendo en su interminable bucle. Están en otro tiempo, esperando ver resuelto su siguiente paso; quizá entenderse en la siguiente página, como me ocurre a mí.

A veces parece que la vida se ensañara con los más frágiles, como si un orden exterior castigara la debilidad. Paradójicamente esta fragilidad es el umbral propicio para la sensibilidad y la compasión.

La vejez es un estado intermitente. Basta mirar a quien está envejeciendo —en el momento en que empieza a ser notable. Un hombre de sesenta años puede lucir, alternativamente, en cuestión de segundos, como de cincuenta y setenta. Es el tiempo trabajando.

El mal y su alcance en el tiempo.

Fascinación de esta época por los zombis, los personajes menos atractivos del género de terror. Aunque poseen la virtud del terror masivo, de la pesadilla en donde no hay modo de parar el contagio, en donde los seres queridos de un momento a otro se vuelven monstruos. Se puede argumentar que ocurre también con los vampiros —la fascinación de las décadas pasadas—, pero en los vampiros hay orden y elegancia. La estética siempre hace la diferencia.

Tengo el potasio alto, casi no hay alimentos que no tengan potasio. ¿Cómo modularlo? El Doctor Styduhardth me dice que el potasio en exceso quiebra las células, y dibuja sobre la sábana de papel de la camilla una célula quebrada con aristas y fragmentos que se le desprenden. La mano es rápida y el dibujo bueno. Por un instante lo veo de niño, rayando la cartera de su madre, o las páginas finales de su cuaderno. *"You will need more tests"*, me dice. Salgo. Afuera, en el centro del campus, está el domo, el árbol centenario. Un par de estudiantes entran al edificio. Camino hacia él mientras imagino que en ese momento toda mi sangre está cristalizándose y despedazándose.

Se publican más libros que nunca. Sin embargo, en lugar de pensamiento que vivifique, se mantiene sólo el eco de lo inútil; lo que no se comprende simplemente se desprecia.

Dice Pierre Michon en *Vidas minúsculas*: "no sabía que la escritura era un continente, más incitante y engañoso que África; el escritor, una especie más ávida de perderse que el explorador; y, aunque explorase la memoria y las bibliotecas memoriosas en lugar de dunas y selvas, que volver de allí repleto de palabras como otros lo están de oro o morir allí más pobre que antes —morir de eso— era la alternativa que también se ofrecía al escribano". Es el viaje que intento hacer cada día y sin falta cada noche, leer, leer unas páginas al menos, transitar otros mundos, sentir la textura de las ciudades y las edades, de los colores, y el ánima de los objetos que reposan en las páginas. El recorrido literario, similar al de los sueños, se compone de adoquines o baldosas; cada libro, único a su vez, es parte de un mosaico colorido que se desea interminable.

Las imágenes de Luchino Visconti, belleza extasiada y melancólica.

Escribir estas notas, acomodarse en ellas casi cada día, pues con el tiempo, al igual que ocurre con la distancia, los días se van borrando, se van volviendo uno solo, aglutinándose, mezclándose, cobrando a veces un solo color que da la ilusión de un tono del pasado que bien pudo no ser el principal, sino apenas uno de sus matices.

Abre el lente de la cámara, entra por la ventana una luz incandescente, reventada, como el sol de una resaca. Se abre un postigo, la luz deja ver la serie de barquitos de papel apilados en una esquina, en el ángulo de la ventana y la pared descascarada por la humedad, regados sobre el tablado como si fueran insectos caídos.

California, el puerto de entrada. Llegué un verano, en medio de un atardecer que pintaba con múltiples tonos de violeta las montañas Franklin. Pensar en El Paso desde College Station, que sensación tan distinta, pero a la vez un poco onírica, pues me cuesta un poco recordar; como si se tratara de un sueño que empieza a desvanecerse en el proceso mismo de su recuerdo. Pero hay anclas. Las primaveras de polvo, la frontera, el calor. El sol del mediodía que a veces parece detenerse en el cenit. Mi primera vivienda, la casa en *Mundy Heigths*, ese edificio triangular del que nacen seis calles, y el balcón desde donde veía con claridad la aglomeración de Ciudad Juárez, en México. A pocas centenas de metros otra lengua, otro mundo. El regreso a El Paso ocurrirá probablemente en sueños. No hay por ahora planes de retorno, pero ya ha pasado el tiempo, y hasta ahora los sueños con el desierto han sido muy escasos. Salvo uno, invernal, nevado, donde luego de salir de mi casa triangular conducía por una carretera boscosa que jamás transité en la vigilia.

Cientos de páginas de notas en cuadernos, en el computador. Transcripciones, desciframientos, y lo poco que verá la luz. Esa escritura de la vida.

Fredo, en *El Padrino II*, desaparece entre disparos y festejos, entre la multitud de ese año nuevo habanero de 1959. Pero cuando regresa se encuentra en un invernadero; es invierno, a contraluz. ¿Qué ocurrió en ese hiato? Una novela, quizá.

Apenas acabando el domingo empieza, poco a poco, a disiparse la angustia. Animal enorme que decidió morarme este fin de semana. Se levanta pesadamente, voltea a verme con desprecio y tedio. Se sumerge, despacio, en la profundidad de las aguas envueltas en niebla que me rodean. Movimiento de babosa, ser salido de la mirada de Lovecraft.

Los profesores universitarios llegan a los campus desbocados de su cauce original. Rara vez un profesor enseña en la universidad que desea, lo hace en la que lo acoge. El curso de sus vidas suele tener un matiz de extrañamiento, como cuando se camina con unos zapatos que, sin ser molestos, nunca terminaron de hacerse propios. Casi siempre se es de otra parte, de un "allá afuera" que se anhela o del que se nutre la vida, y sus oficinas suelen ser manifestaciones de ese extrañamiento, de ese desarraigo. En ellas se despliegan, como arrastrados por una marea que trajera consigo los restos de sucesivos naufragios: objetos, fotografías, imágenes, flujos materializados de la memoria. Cosas que anhelan la patria, y el retorno, y que pretenden ser la burbuja en la que los maestros transitarán, también *in situ*, los años de docencia. En la oficina de una profesora rusa predomina el azul, carteles de películas de Einsenstein y Tarkovsky, pequeños íconos religiosos en una pared, postales, ediciones en ruso y en inglés y las figuritas ordenadas de mayor a menor de unas matrioshkas que a contraluz parecen las siluetas de unas personitas rollizas paradas en el marco de la ventana. La profesora es una mujer amable a la que a veces le pido películas prestadas. Ella misma, rolliza, pelirroja, de tez blanca y mejillas rosadas, envuelta en un chal azul y púrpura, parece una matrioshka que hubiera cobrado vida.

Acabo de soñar con mi abuela materna. Ella murió hace más de 20 años. En mi sueño aún estaba viva, en el presente. La llevábamos a almorzar; hacía sol en el barrio. Yo la llevaba del brazo y le ayudaba a envolverse en el cuello una bufanda azul marino. Me preguntó por qué no la visitaba más seguido. Yo le dije que mis clases en el doctorado —mi presente— no me lo permitían. Caminábamos; yo le ponía el brazo sobre el hombro y ella ponía el suyo en mi cintura. Estaba muy anciana pero bella. En el sueño, por momentos, recordaba que ya no estaba con nosotros —mis tías, el resto de mi familia, tenían más o menos la edad actual. El color del cielo era único: ese calorcillo amable de las once de la mañana que a veces adorna los sábados y domingos bogotanos. Gracias por visitarme, abuela.

Cuando vuelo temo a las turbulencias prolongadas y a la conciencia del tiempo que estas producen a 15.000 pies de altura. El cimbrar de las alas que se ven tan frágiles por esas ventanillas de pecera. Sin embargo, me gustan los aeropuertos en invierno. Esa elegancia. Hoy, 4 diciembre, vuelo a Los Ángeles. Esta vez desde *Hobby Airport*. El hombre que me trajo, un texano robusto de unos sesenta años, me habla rápido y casi no le entiendo. Algo me dice sobre este aeropuerto y sobre cómo era el principal en los años cincuenta, pero me abstraigo en la red de venitas moradas y rojas que, como una enredadera de parra virgen, le surca la nariz y las mejillas. Probablemente, el flujo del alcohol a lo largo de la vida. Está nevando, es posible que el vuelo se retrase.

En la sala de artes hojeo un libro sobre Remedios Varo. En todas sus imágenes hay una resistencia a la gravedad. Algo flota, algo se suspende. Los personajes alargados se desprenden del suelo, casi levitando; parecen debatirse entre una naturaleza terrena, reclamada por la gravedad, y una naturaleza liviana y sutil que los llama hacia arriba. Las construcciones se despliegan y se sostienen sobre telas y pliegues; y las naves, máquinas y mecanismos parecen diseñados para sustentar la dinámica etérea del universo en que existen.

Atardece; aún tengo en mi mente restos de haber oído a Gershwin en la mañana. La música navideña está en todos los locales; es difícil no contagiarse del espíritu. En la calle, cuando salgo, ha desaparecido ya casi de todo el azul, pero aún resalta la aguja blanca de una iglesia, una más de las tantas que en esta región se levantan sobre lo plano. Iglesias pequeñas, blancas, protestantes. Pienso en la furia de Lutero y en cómo su flujo determinó en gran medida la lógica de este país, donde el catolicismo tiene su brazo más delgado.

Martes, mayo. Afuera la calle vacía, el cielo gris; el día no está muy frío. Quisiera poder escribir sobre ese mundo frío que veo en las películas y encuentro en algunas novelas. Esos personajes con chaquetas de tweed que toman un café o un vaso de vino tinto en un restaurante o en la pequeña mesa de un café de esquina. Hombres maduros, con arrugas en las comisuras de los ojos, o jóvenes de mirada huidiza y con mucha prisa. Y escribir sobre aquellas mujeres elegantes, bellas, livianas y profundas, escuchar el eco de sus tacones, la falda beige ajustada o volátil según la estación, hacerlas existir entre las líneas, darles un mundo.

La forma como esa mano en particular decide un primer pulso de lo que no tiene límites.

También se elige envejecer.

Círculos en lugar de línea.

Tras la muerte, el rastro de nuestra presencia se apresura a desaparecer. Permanecemos en la memoria de quienes nos conocieron, habitando en círculos concéntricos que se desvanecen a medida que corre el tiempo. Entre más lejanos los aros, más fragmentados y borrosos.

Febrero. Amanecer con nieve... Fui de los primeros en salir a mi calle y ver la nieve aún virgen, sin una sola pisada, ni rastro de automóviles. Qué rara se ve la calle, blanca, completamente blanca bajo la luz filtrada y lechosa del amanecer.

Un sueño: dos amigos, uno envejece de pronto. El que envejece comprende que su ser es soñado. En su rostro se ve el vacío, la conciencia y la angustia de saberse incompleto y la impotencia de aniquilar la negación de su pesadilla; no la mía, que soy el que sueña, sino la de él mismo.

Seremos transformados, brevemente, en las siluetas de algunas acciones.

Una piel de conejo plateada, con vetas grises oscuras y territorios blancos. Sobre ella se desplegaban paisajes prehistóricos o extraterrestres, en los que un astronauta color azul marino, y otro rojo con una pistola laser, se enfrentaban en interminables duelos. La suavidad de la piel, al igual que la aspereza de su reverso, jamás abandonaron mi memoria. Pocos años más tarde, al leer a Balzac por primera vez, la imagen de la piel de zapa volviéndose dúctil y suave en la mano de Rafael al abandonar la mágica tienda parisina, se me hizo tangible gracias a la memoria de aquella piel de conejo.

Tanto tedio y tanta necesidad del ánimo para internarse en el bosque espeso e inexplorado de una novela.

Mientras pedaleo llega el recuerdo de los aserraderos los domingos, el olor de la madera, las montañas de viruta, mi padre escogiendo las tablas para construir su biblioteca.

Escribir. Con cuánta frecuencia se me hace imposible cualquier intento de internarme en un mundo donde cada paso, cada eco y cada movimiento van desplegando, delante de sí, un universo escrito. Más grave aún, que el bloqueo por la ausencia de portales o caminos para lograr la escritura, es la desaparición del sentido, y el reencuentro con todo lo escrito previamente, que de pronto se torna insulso, ruinoso. Es un momento crucial, pues en un impulso puedo borrar sin vacilación alguna línea valiosa o irrepetible.

Apuntes de partida de College Station. Arrumados en el antejardín, esperando la basura: una lámpara de banquero con un agujero, un cuadro de Londres de 1600 que quería llevarme y que se estropeó con el agua. Mi ingratitud hacia la bicicleta roja en la que me transporté los últimos cuatro años.

Un estallido de la memoria al final, en el momento de la muerte. Como *La Catedral en fuga* de Max Ernst.

College Station, Texas. El campus y el domo.

III

Fabrianos y Apicas de Wilson
(2013-2020)

Wilson. Una ciudad sin librerías. La afirmación se presentó como una sentencia. Sin más. Solo la contundencia de esa realidad. Muchas iglesias, y no hay librerías. Manejo cada día con la esperanza de encontrar un local de libros en algún rincón de la ciudad. Nada.

Ayer cumplí un mes en esta ciudad. El carácter ambiguo del tiempo se ha manifestado con claridad. Un mes sintiéndome recién llegar e intentando conocer este pequeño lugar, al transitarlo repetidamente con la esperanza de encontrar los brazos de un laberinto, casi con seguridad inexistentes. Un mes de clases. Todo va tan rápido, y ya se avecina el otoño. Las estaciones son reales en esta zona, y sus territorios están delimitados claramente. El corte de la estación que se avecina me hace sentir la partida de California ya distante, como si fuera otra vida.

Antes de Wilson llegué a Virginia. Pablo me recogió en el aeropuerto y al día siguiente recorrimos Richmond. Visitamos algunas calles del *downtown*. Se siente en esta ciudad el peso reconfortante del tiempo, tan ausente en College Station. Los adoquines en las calles siempre traen los ecos del pasado, carrozas y galopes de caballo y, por supuesto, a Poe. Visitamos su casa de la infancia, ahora un museo. Es esquinera y pequeña; adentro, una cama estrecha y un escritorio parecido a un pupitre de escuela. En una salita, toda la *memorabilia* de estos tiempos que corta de tajo el aura del tiempo detenido. Cuervos de peluche, tazas, posters. Es verano; la pequeñez de una ventana y el color de la pintura me recuerdan la portada de una edición de *Noches blancas* de Dostoievski, de la editorial Tor de los años cincuenta que mi papá tenía en su biblioteca.

De pronto me encuentro, en un instante, en la segunda década del nuevo siglo.

Cada septiembre huracanes apocalípticos llegan en serie a las costas. Los cerezos florecen en invierno y las abejas se desploman intoxicadas en pleno vuelo; o, confundidas con el calor súbito, abandonan los panales en busca de primaveras inexistentes, y regresan a vibrar frenéticamente al lado de su reina para mantenerla tibia cuando el calor ceda y sea nuevamente fría la estación.

El tiempo es un pliegue. Como una cobija que se ha arrugado durante el sueño y forma cordilleras que se tocan. Regresar a una calle, o a un barrio, es remontar el pliegue, hacerlo. Al despertar cada mañana observo nuestra cobija, sus pliegues, sus hendiduras, y siempre pienso en el tiempo. Dice Borges en *Nueva refutación del tiempo*: "No paso ante La Recoleta sin recordar que están enterrados mis padres, mis abuelos y tatarabuelos, como yo lo estaré, luego recuerdo haber recordado lo mismo innumerables veces".

El libro, ese objeto que reposa en el estante, en el escritorio, o que se arruga al viajar en una maleta. Suelo pensar que la finalidad de quien escribe bien puede ser el libro impreso. La observación de la portada en la que con suerte se ha colaborado, el olor de la tinta fresca, el peso en las manos o el placer de desplegar las páginas en abanico y liberarlas con ayuda del pulgar. Las hojas en las que reposa la escritura y el pensamiento pueden bastar para culminar el proceso. Sin duda, un acto de vanidad ver el propio nombre impreso, verse en ese objeto que como tal trae en sí el peso simbólico de la historia. Pero si se piensa con detenimiento es una vanidad inocente, no muy lejana del observarse en el espejo —e incluso sentir cierto extrañamiento—, más cercana tal vez a la satisfacción del deber cumplido y a la libertad. Quizá otro libro o quizá ser simplemente ya otra cosa, alguien más.

Experiencia vital, dice Stephan Zweig en su ensayo sobre Montaigne; se necesita una experiencia vital para conectarse con el ensayista. Compara el mundo de Montaigne. La expansión del Renacimiento, la mutación de las ideas, el nacimiento del protestantismo y su posterior retracción, la imprenta que se convierte en una herramienta ideológica, el desarraigo producto de la persecución y las guerras. Montaigne intenta protegerse en una patria íntima. Esa es la experiencia vital de la que habla Zweig, quién experimenta el terror de su tiempo y también intenta resguardarse. Sin embargo, corta su propio flujo en Brasil, antes de presenciar la victoria del horror que daba por hecha. No alcanza a enterarse de que la historia planeaba darle a la humanidad un compás de espera.

Domingo en Raleigh. Encontramos un jardín secreto, un pequeño parque sumido en medio de las calles de un vecindario de casas apretadas y empinadas. Este vecindario aparece al doblar la esquina, y está cubierto por la presencia multicolor de la primavera. Un poco más adelante, casi oculto por los arbustos, está el discreto aviso de un parque, y unas escaleras de granito. Bajamos por ellas, y de pronto se despliega un enorme jardín bordeado por un bosque, atravesado por un rosal. Hay en el medio una fuente, y está cubierto de prado espeso. Hay una pareja con su mantel y su canasta de picnic, y a pocos metros un par de jovencitas descalzas, acostadas bocarriba, miran el cielo, que no tiene una nube. Caminamos bajo el rosal y veo unos gusanitos verdes claro que se descuelgan de las ramas con sus hilos de seda y son mecidos por el viento como si fueran los trapecistas de un circo natural. Una ardilla mordisquea tranquilamente una avellana; apenas nos mira, casi sin moverse, pero alerta.

He vuelto a leer, para una clase, *Cien años de soledad*. Tenía once o doce años cuando leí la novela por primera vez. En aquella ocasión quedé con una sensación de enormidad y de que la novela existía en una jungla plena de vida, y que todos los personajes eran una emanación natural de esa jungla. Era una segunda edición de 1967 —el primer año de publicación— que mi papá había mandado a empastar en cuero marrón y que ya no tenía la portada con el galeón sobre tres flores amarillas. Ahora veo con claridad a cada personaje habitar su propia e insondable soledad. La jungla es tanto el fondo como la frontera, el cerco para cada uno de ellos, que desde el inicio están brutalmente solos. Pienso en el sombrero de alas de cuervo del gitano Melquiades, quisiera ponerlo en una novela; si lo hago, será en vuelo, aparecerá de pronto arrastrado por alguna ventisca a la vuelta de una calle, en medio de una hojarasca.

¿Qué me acerca a la forma de amar de Swann? ¿A la candidez de Hans Castorp? ¿A la emoción infantil ante las novedades de José Arcadio Buendía? Cada buena lectura es un encuentro, una comunicación íntima al margen del tiempo, y a la vez una revelación del propio ser.

Octubre y otoño. Ahora el huracán *Matthew*, categoría 4: después de haber arrasado Haití se acerca a las Carolinas.

El primer vuelo de una libélula, la primera luz en la retina de un ave al romper el cascarón, el aliento de oxígeno que infla los pulmones del recién nacido, la primera pincelada, la primera palabra en un lienzo, o una novela. La primera conexión con el mundo al despertar. Un nacimiento cósmico cada vez.

Este *small town*, bello bajo cierta luz, con muchos árboles y casas con porches y sillas que invitan a tomar té helado en las tardes de verano, árboles enormes con columpios de madera que a veces se balancean solitarios con el viento amable de los primeros días del otoño, árboles que tapizan los jardines con una alfombra de hojas amarillas y rojas. De un modo análogo, en la primavera se llena de colores vibrantes, de esa salud vegetal tan singular. Pero otras veces es desolador. En algunas calles aparece la decadencia, el abandono, la constancia de un tiempo de esplendor que se ha marchado. Cuando una nueva generación de jóvenes o inmigrantes no puede continuar o sostener el ímpetu de un pasado que fue esplendoroso, se impone la normalización, la uniformidad. Aparecen entonces construcciones sin ninguna intención estética, cuyo único fin es utilitario. Cadenas de comida rápida, tiendas de esquina, esas *convenience stores* estadounidenses que bajo sus luces de neón albergan un portal a la sordidez y que se clonan a lo largo de todo el país. El nuevo tapiz del tiempo no es alentador y en el lugar de la intersección se genera el desasosiego. Pero yo soy parte de esa intersección, y en mí surge ese desasosiego.

¿Una nave de los locos de estos tiempos? Decenas de veleros espaciales zarpando, como los que vi una vez en una película basada en las *Crónicas Marcianas* de Ray Bradbury.

Ha pasado tiempo, la librería no me hace falta ya. Trabajo erigiendo mi propia biblioteca; los libros llegan cada semana a la caja 803 de mi correo con la frecuencia que permiten los ingresos. Levanto con ellos, en el apartamento, un pequeño laberinto. Esa aglomeración de la letra impresa que me es tan necesaria.

Sábado. A pesar de tener un lente con bastante acercamiento, me resulta casi imposible capturar el águila que desde su dominio sobrevuela en círculos el lago. Primero un punto en el cielo, el más alto; luego, poco a poco, en espirales, empieza a descender. Por la naturaleza del paisaje pienso —por reflejo— en la pintura *La caída de Ícaro* de Brueghel que tengo en la pared de mi oficina, también un punto —esa soledad del pequeño ser alado. Finalmente, el águila se ha acercado a la distancia focal. La mejor fotografía que consigo es aún borrosa, pero quedo satisfecho, impresionado por la determinación del ave, su majestuosidad. Regreso con mi pequeño trofeo a casa, a ampliar la imagen en el computador.

Busco una dimensión adicional de la ciudad en las fotografías que hago, los fines de semana, de las viejas estructuras del *downtown*, con sus avisos fantasma, sus ventanales de pequeños cristales —rotos casi todos hace tiempo—, y sus muros de ladrillos ennegrecidos. Casi siempre uso la mañana, cuando las calles están solas y una especie de esplendor espectral parece desprenderse de las fachadas al ser tocadas por el sol matutino. Al ver las imágenes reveladas, imagino los ecos, el sonido del pasado, el ritmo de las cosas de ese otro mundo.

Sueño neoyorkino con Álvaro, la ciudad en los años treinta. Estaban construyendo un puente, ¿el puente de Brooklyn?, y Álvaro está en las alturas, parado sobre uno de los fierros del puente a medio construir. Hacía viento y él miraba hacia donde yo me encontraba con una cámara fotográfica. Fue un sueño fascinante e intraducible más allá de esta pequeña estampa. Vestido como en los años 30, no recuerdo si tenía sombrero, tal vez, pero en esa forma ambigua e imposible incluso para el cine, lo veía a la vez cerca y lejos sin que mediara acercamiento o primer plano alguno. Simplemente lo veía a la distancia, pero a la vez era perfectamente consciente de su gesto (un gesto como el de un niño que le muestra a su padre que puede montar la bicicleta sin manos, pero más como cuando se dirige uno a un amigo) y del viento que le tocaba la cara y le movía las ventoleras de la chaqueta de ese vestido de la belle époque. Si hasta el color del sueño era un poco sepia sin serlo. Sucedieron más cosas, pero solo quedó esa pequeña postal de Álvaro en los fierros del puente.

A veces un único gesto basta para revelar al niño que fuimos; no importa que se repita a través del mundo, en las generaciones y las sangres.

Hubo una época, en Wilson, en la que había desfiles de muchachas vestidas con hojas de tabaco que sonreían al público desde sus carrozas.

North Carolina. La belleza de los árboles, de la primavera y el otoño, de las luciérnagas en el estío y el aire aún limpio y de una lentitud que persiste. A cada cosa su valor. El paisaje matiza el ánimo. De esta zona me gusta la naturaleza y la naturaleza de las estaciones.

Los libros continúan llegando a mi correo y van tapizando las paredes de nuestro apartamento. La mudanza a una casa, que espero ocurra pronto, será difícil. Pero no hay mejor papel tapiz que una biblioteca bien nutrida. Los lomos de colores, el desorden, o el orden —según sea la prioridad— en los estantes les dan a los hogares una calidez singular. Después de que han pasado unos días en el sofá, en la maleta, la mesa de noche o la cama, me gusta encontrarles un lugar como si fueran las piezas de un rompecabezas o de un juego de tetris que se va haciendo más complejo a medida que se reduce el espacio en los estantes. A veces se caen detrás de la biblioteca o de algún mueble, y cuando por algún azar los encuentro tiempo después, me producen una emoción similar o mayor a la que ocurre cuando llegan por correo. Algunos libros han ganado su lectura completa gracias a estos hallazgos. Le tengo afecto a los buzones de correos de este país, pues son los portadores de esta alegría. En El Paso, mi buzón era una cajita azul rectangular y oxidada de boca estrecha; y cuando no cabían los libros los dejaban entre los arabescos de la puerta de reja. En College Station tuve dos buzones, uno que quedaba en un islote de cajas postales grises que servía a varios apartamentos, y me quedaba un poco lejos. Estaba al lado de la piscina y cuando llovía siempre se encharcaba. El primer libro que llegó allí fue el diario de *Viaje de Camus a Latinoamérica*. El otro buzón, cuando ya era vecino de Ferlinguetti, era azul, de lomo curvado y estriado, montado en el jardín sobre un palo inclinado, y con una portezuela que se abría hacia abajo. Allí llegaron plumas y decenas de libros, llegó la obra selecta de Cyril Connolly, que ahora después de tantas lecturas y viajes reposa ajada en una biblioteca negra, en North Carolina. A Texas también llegó ese diario enorme de Bioy Casares sobre Borges que nunca leí; lo usaba en cambio para trancar la puerta de mi habitación, y no me atreví a subirlo al avión cuando llegó el momento de partir. Así que se lo dejé a un amigo. Él sí tuvo el valor de llevárselo consigo a Arkansas cuando partió del campus tiempo después. Mi buzón actual, en Carolina, es el 803. Horizontal y plano, montado en una pared. Me recuerda al apartado aéreo de mi papá en la torre del edificio de Avianca, en Bogotá. Lo tuvo por años, y yo lo acompañaba en ese ritual tan importante para él de los domingos o algunas tardes de entre semana cuando llegaba temprano a casa. Allí recibía sus discos de 45 revoluciones del curso de inglés, sus revistas, y cartas en sobres con las tradicionales franjas diagonales azules y rojas, pero hechos con un papel encerado suave al tacto. Recuerdo los ecos de los zapatos en los pasillos inmensos y laberinticos, y a mi papá dejándome abrir ese túnel lleno de sorpresas cuyo final opuesto estaba franqueado para nosotros, y al que solo tenía acceso el personal de los correos. A veces, al otro lado del túnel, podía ver las piernas de alguien al pasar, o escuchar cuando los sobres eran depositados en las cajas contiguas. Lamento profundamente no haber conservado aquel buzón. Se nos pasó, cuando ya casi nada llegaba allí, el pago de la renovación; y cuando fuimos a pagar alguien más lo había tomado. Alguna vez, ya hace más de 20 años, regresé con el ánimo de encontrarlo vacante; nada. No sé ni siquiera si aún existen los apartados en los sótanos de la torre en el centro de la ciudad.

Wilson fue, en alguna época, conocida como "The World's Greatest Tobacco Market". Pero su pasado glorioso solo se percibe en el *downtown*, mayormente abandonado. Allí aún flota un aura que alberga entre los edificios ruinosos de ángulos Art-Deco y los perennes avisos fantasmas, el eco de un esplendor ahora inexistente. Un pasado que al menos en la superficie no tiene nada que ver con el presente. Es como si los edificios y las calles hubieran sido traídos de otras latitudes y simplemente fueron depositados allí; o como si los habitantes de otra civilización, con un pasado diferente y que a su vez hubiesen abandonado sus lugares, hubieran construido sin preguntarse nada sus nuevas viviendas alrededor de unas ruinas incomprensibles. Sentí algo similar en College Station. Esa sensación de lugar abandonado y luego retomado. Pero aquí no ocurre la superficialidad y plasticidad del pueblo tejano, sino un extrañamiento, una especie de promesa flotante que se despliega sobre el vacío. La posibilidad de que, a la vuelta de una esquina, o en el interior de un edificio abandonado aparezca un laberinto, o se presente un portal a un lugar en el que existe un carnaval vibrante y luminoso, envuelto en el aroma de hojas de tabaco secándose e indiferente al paso del tiempo.

Las ciudades tienen lugares que esconden para protegerse del olvido, para cuando lleguen los jóvenes y levanten autopistas y placas conmemorativas. Las ciudades esconden sus lugares, pues saben más de la memoria que los hombres.

En 20 minutos, a las 9, tengo la clase de español. El gran árbol a la izquierda de mi ventana empieza a cubrirse de verde. En cuestión de días habrá retoñado, vestido de un verde claro intenso. Se habrá olvidado del invierno. Tengo sueño; hubiera querido permanecer en la cama al menos una hora más.

El huracán Hermine azota Florida. Desde el espacio, esos monstruos cósmicos girando sobre el océano se ven más grandes que naciones enteras. Cuando llegan a tierra, generalmente se tornan benévolos, pero aun en estos casos dejan un rastro de muerte y destrucción. A veces persisten y avanzan impetuosamente sobre la Tierra, recordando a los humanos su real dimensión, su insignificancia, incluso en términos temporales. No es casual que, en los mitos fundacionales, sean generalmente las catástrofes climáticas la herramienta de los dioses para castigar la soberbia de los hombres. La soberbia parece ser una prelación de los dioses. Hermine sube hacia las Carolinas; entre esta tarde y mañana tendremos posiblemente toneladas de lluvia y uno que otro tornado.

Marzo, jueves. Ha sido un día tranquilo. Almuerzo con sushi y salmón. Conversación con Á, tarde silenciosa. He sentido el tiempo, eso es importante para mí. Ser capaz de sentir el tiempo, de poder capturar algo de su esencia para sentir el día, las horas más largas.

Esta época que tanto desasosiego me produce. Gobierna una ausencia de profundidad en los conceptos más importantes; o la suplantación total de estos, que ahora, en gran medida gracias a la tecnología, son mancillados en las manos de muchedumbres ignorantes. Una mascarada general. Una caricatura. Qué pertinente se me hace ahora la pintura de las máscaras de Ensor. Un escenario de pesadilla, pero al retirar una máscara, como si fuera una matrioska infinita o un espejo en el espejo, aparece una máscara tras otra. La densidad se ha desvanecido hace tiempo.

Escucho a Satie mientras trabajo. Memorias aleatorias mientras escribo, viajan desde hace años, se pasean a mi alrededor como mariposas, y después se desvanecen.

Soñé con mi papá. Había regresado; hablábamos. Tenía su cárdigan café *penguin* que usó toda la vida. Estaba tranquilo pero muy triste; me preguntaba mucho por el estado emocional de mi mamá y por el mío. Yo lo abrazaba y lloraba. Él me preguntaba como si no pudiera darse cuenta de lo que nos sucede, como si la vida tras la muerte no fuera algo malo, más allá de la evidencia de estar aislado de este mundo. De pronto volteo hacia el andén de granito y ya no está; mi papá se ha vuelto a ir.

Ya se siente el clima de la primavera; el viento comienza a arrastrar el polen para que la ciudad se cubra de nuevo con su manto verde y más adelante en un estallido multicolor. En las tardes silenciosas, los sonidos individuales son la puntuación del silencio.

El paisaje compensa, a veces, esa inmensa soledad del hombre.

Ya han pasado más de tres años desde que estamos en *Wilson*. Debajo del cristal de la mesa que se encuentra a mi izquierda, una postal de la *Melancolía* de Durero. Es una mesa que compré en una tienda de muebles viejos. Se le pliegan los lados, y al abrirse adquiere una forma circular. Doblada parece como si fuera un ave gorda en reposo. Un dodo, un ganso. Junto a la *Melancolía*, una fotografía de Robert Doisneau. En ella, en el esqueleto de un vehículo que reposa sobre unos escombros, como si transitara sobre el tiempo (¿imagen de la posguerra?), juegan unos niños; sus edades varían entre los cinco y once años. Una fotografía que Tarkovsky tomó con una *polaroid*: un perro pastor alemán mira hacia el horizonte envuelto en una neblina dorada que hace pensar en la neblina de Prufrock. Tengo también una foto de mi madre adolescente. Tiene doce años, quizá diez, su pelo es rubio y largo; va de gancho con mi tía Olga. ¿Tienen entre sus manos unos guantes blancos que se han quitado recientemente? Mi mamá lleva una falda escocesa larga, que le llega debajo de la rodilla, medias tobilleras oscuras y unos *saddle shoes* blancos con el centro negro o azul. Zapatos cocacolos, los llamaban en Bogotá en los años cincuenta. Su talón derecho empieza a tocar el suelo, y el izquierdo, atrás, ya está en el aire. Junto a ella mi tío Jaime, quizá de diez años, pues era menor que mi mamá, mira a la derecha —igual que ella. Lleva un vestido de paño gris o negro, y corbata. Su pelo corto también es rubio. Camina con decisión y lleva su mano entre la solapa del blazer cruzado, elegantemente, como un pequeño Napoleón, o como el hombrecito que aún no es. Será profesor de español y letras toda su vida; cuando lo conocí tenía barba, una barba rubia que jamás se afeitó. Era un buen hombre; afectuoso. Su forma de hablar era siempre juvenil y vital, aun en sus últimos años cuando la enfermedad intentaba llevárselo cada día. Mi tía Olga, niña también, un poco más alta, lleva falda y cárdigan oscuros; mira a la cámara. Justo por ese gesto, ella está más presente en el presente, menos etérea que mi madre. Pero en mi madre se percibe una forma de la alegría, como si un remolino de vida estuviera atravesándola justo cuando el fotógrafo se interpuso y les tomó la foto, sin preguntar, y después les dio un papelito para que la reclamaran. ¿Qué día era? ¿Un domingo quizás?

Nostalgia. Nostalgia de un pasado que a veces pienso que no llegó a ser. ¿Era todo un sueño? Quizás allí se encuentra mi literatura. Buscar mi manantial como Ponce de León buscaba su fuente.

Avanza el domingo; se va internando en la tarde. Hay silencio, un tapiz gris en el cielo. Mientras digo esto se cuela un rayo de luz lechoso.

Cielo gris. 60 grados de temperatura. Suficientes para una chaqueta liviana. El clima y el tiempo son los conectores, los que permiten conversar, hallar un lugar común. Ayer mi mamá me dijo que llovía y hacía frío; yo le respondí que aquí estaba tibio el día. Intercambiamos condiciones atmosféricas a diario. Luego ella me cuenta sobre sus dificultades diarias —la vejez, ese territorio tenebroso y casi siempre ineludible. Mi mamá está muy cansada, se siente sola. Su gran dolor: no estar con mi padre. Esa gran amargura que se instaló en ella cuando mi papá partió. Tuvo que ser valiente, lo ha sido. Pues la valentía tiene una medida única en cada ser. No se trata de grados universales, cada ser tiene su propia dimensión y en esa medida las magnitudes de su valor son incomparables. Mi mamá, la mujer más valiente, por sobreponerse del modo que lo hace, cada día, a su edad y a su soledad; mi papá, el más valiente por transitar del modo que transitó su enfermedad. La cobardía es, igual que la valentía, un acto consciente. Del mismo modo, cada uno conoce las dimensiones de su temor, y sabe instintivamente cuándo podría combatirlo y vencer. En esa vicisitud es que la cobardía surge. Pero a diferencia de la valentía, puede haber una cobardía generalizada. La bajeza homogeniza, la altura siempre es jerárquica.

Abro las páginas de mi novela: es como llegar de nuevo a una ciudad, a un barrio; las calles conocidas, los personajes perfilándose, pero inacabados, suspendidos en una especie de pesadilla. Debo darles un destino; nadie los va a escribir por mí.

Sábado. Mi mamá me cuenta de la semana santa en su infancia. Mi abuela despertaba a sus hijos, el jueves santo, con una copita de vino y galletas.

De pronto aparece, en el tomo IV, Celeste Albaret con su hermana; visitan a Marcel, quien ve en ellas, en su lenguaje, un vuelo literario, una forma natural de hacer literatura en la conversación.

Esa vitalidad que ocurre al escribir. Se existe leyendo y más intensamente escribiendo. Para quienes sabemos esto, la escritura se vuelve imprescindible aun cuando la practiquemos mal o poco. Su ausencia se torna desasosiego, tedio.

¿No es la memoria nuestra mejor visión, nuestra mejor evidencia? ¿Cuántos paraísos he abandonado a lo largo de mi camino?

Cansancio en los ojos. Pensando en el viaje a Bogotá. Pensando siempre en la vida. Con la perspectiva de la edad tomando el control de los pensamientos y amenazando con llevarse los sueños. Esos fragmentos de vida real que se me escapan cada segundo. No basta con saberlo, y aun así la energía se mantiene como la llama trémula de una vela, que lucha por sobrevivir a la brisa que se cuela por alguna fisura de una alcoba cerrada. Cada vez que pienso en la luz de las velas pienso en Caravaggio; es pensamiento ineludible, rutinario, pero también pienso en la fragilidad y en la pérdida de la lucidez a la que creo asistir; mi lucidez es de otra época. Este mundo, de tan evidente, se me ha hecho a veces indescifrable, o quizá es tan patéticamente plano que cualquier lucidez resbala buscando otras erosiones y texturas sobre las cuales poder posarse y crear, incluso en sus fronteras, las sombras necesarias para que exista el pensamiento.

Ya estoy en mi oficina; repaso una lista de lecturas. Leo muchos fragmentos aquí y allá, pero muy pocos libros completos, aunque entre ayer y hoy terminé un par de novelas que había empezado semanas atrás. Una de ellas fue *Oso*, una novela de 1976 de María Engel. Una mujer en una cabaña, en un bosque canadiense, mientras hace el inventario de una biblioteca victoriana, inicia una relación con un viejo oso. Cercana a una fábula, se respira en las páginas la frescura de la naturaleza, el olor del agua, a pino y musgo. Incluso ese olor almizclado y desconocido de un oso parece flotar sobre las páginas del breve libro. La relación erótica con el oso es el fondo sobre el que se recuesta una narrativa más amplia, aquella cada vez más escasa en las novelas actuales, donde el tema del reencuentro con la naturaleza ocurre de forma sencilla y espontánea. Una literatura escasa, me aventuro a decir, porque ya no hay una naturaleza virgen y pacífica, sino los imaginarios idílicos de los bosques fríos o las barrocas que son representaciones de junglas casi inexistentes o cercadas por los satélites que observan impertérritos su progresiva desaparición.

Sueño con hormigas que sueñan. Duermen envueltas en un murmullo de antenas que han descendido su ritmo. El sonido en el sueño como un arrullo placentero y tibio que de pronto adquiere tintes de pesadilla.

Tanta impaciencia que luego no me lleva a ningún lugar.

Escribo aquí y allá, cuadernos, papeles. Escribir para sentir el trazo, el contacto de la pluma con el papel. Siempre esa sensación, al escribir a mano, de que los pensamientos flotan en el cerebro como rebaños de nubes en una peregrinación constante hacia la tinta y trazando con su sombra una huella.

Leo *El último sueño de la vieja encina* de Hans Christian Andersen, y transcribo este fragmento: "Y la efímera danzaba y se mecía en el aire, satisfecha de sus alas sutiles y primorosas, que parecían hechas de tul y terciopelo. Gozaba del aire cálido, impregnado del aroma de los campos de trébol y de las rosas silvestres, las lilas y la madreselva, para no hablar ya de la aspérula, las primaveras y la menta rizada. Tan intenso era el aroma, que la efímera sentía como una ligera embriaguez. El día era largo y espléndido, saturado de alegría y de aire suave, y en cuanto el sol se ponía, el insecto se sentía invadido de un agradable cansancio, producido por tanto gozar. Las alas se resistían a sostenerlo, y, casi sin darse cuenta, se deslizaba por el tallo de hierba, blando y ondeante, agachaba la cabeza como sólo él sabe hacerlo, y se quedaba alegremente dormido. Ésta era su muerte". Así debería ser, en general, la muerte. Un adormecimiento, un sueño suave, un sopor flotante. En la tarde fuimos por un par de sándwiches. Á estaba sentada de espaldas a la ventana del local, yo estaba frente a ella. De pronto, una efímera como de dos pulgadas comienza a revolotear sobre el cristal. Esas coincidencias tan inquietantes: esta mañana, después de haber releído el cuento de Andersen, busqué imágenes de las efímeras, unos insectos alargados y livianos con alas como de hada. De otro modo no habría reconocido a la efímera justo hoy cuando danzaba frente a mí al otro lado del cristal.

Compré una tinta carmesí; estaba entintando con ella un nuevo estilógrafo japonés. Mientras, pensaba que antes uno desarrollaba una relación diferente con los objetos. Antes había una máquina de escribir que se usaba toda la vida, si se quería una copia se usaba papel carbón. O con los estilógrafos que eran extensiones de la mano de uno. La tinta como sangre seca, sobre papeles marfiles y blancos, *fabrianos* o Rhodia (he encontrado unos papeles que hacen brillar la tinta cuando se aposa al terminar una palabra o una letra). Estaba pues en la entintada de la pluma nueva, quería probarla de inmediato; entonces, tal vez por la emoción y mi prisa natural, me regué encima casi toda la tinta. Ahora tengo en el tapete del estudio una mancha enorme y una pluma que escribe como los ángeles. Parece que levitara sobre el papel italiano.

Una civilización se dirige hacia la forma inexorable de su destino. No les basta a las sociedades conocer la historia para evitar la repetición de los errores, no es suficiente que existan libros, registros o incluso sobrevivientes que testimonien y enseñen sobre los males que las sociedades previas han causado. Con cada nueva generación renace el potencial para la grandeza o la estupidez. La trascendencia en todo caso no parece ser una discusión que le interese a este presente. La sociedad de estos tiempos se ahoga en las pantallas que son el espejo de Narciso multiplicado.

La vida de la vigilia es siempre un intento de acercarme a este mundo que solo percibo en imágenes y letras. Imágenes con peso. En todo caso, lo único que escribo es este cuaderno que destila con frecuencia el tedio y mi esfuerzo por combatirlo.

Domingo. Silencio. Leo unas páginas de Hemingway. Intento horadar la corteza que se ha formado alrededor de mi burbuja y no me deja abordarla. Quisiera llamar, a mi burbuja, Nautilus.

No concibo mi vida sin la escritura. Escribir para ese lector al margen del tiempo, ese lector del futuro lejano que nada tenga que ver conmigo y con el que quizá yo pueda tener todo que ver. Escribir solo para algunos. Lectores errantes, como yo, por los márgenes del tiempo y del presente en su propio laberinto. Laberinto que transitan flotando en sus propias burbujas o zepelines. (Quisiera poder dibujar esto.)

No es solo por esta razón (o tal vez), pero mi ánimo de escribir decayó nuevamente, como decayó también mi ánimo de leer. Soy un terreno yermo. Para que la escritura crezca debo poner capas de abono fresco constantemente, muchas lecturas; caminar por el laberinto, amoblar mi burbuja, salir de ella mientras queda flotando y tocar la textura de la roca del laberinto o las púas de pino que la cubren, pero nunca hay suficiente para reemplazar la tierra. Tierra árida que solo sobrevive con musgo, no con bosques; pero el musgo —quizá ese sea el aliento— puede verse como un microcosmos en la orilla de un arroyo.

Los libros que duermen en mi biblioteca. Es una biblioteca pequeña. Siempre pienso en el pequeño tesoro en nuestro apartamento de Bogotá, del cual mi biblioteca actual sería apenas un rincón.

Paseo Walseriano esta tarde. La calle en silencio, tranquila, la temperatura amable. Mientras caminábamos se iban licuando un poco las preocupaciones. Siempre al tener un paseo agradable viajo por unos instantes al pasado; busco en los pasos la ruta, o la fisura que me pueda conducir al pasado. Sobre todo, a esa infancia de felicidad que representó para nosotros mi padre. Pero después hubo ausencia (¿la hubo?). Mucho de mi pasado no es claro, todo se pasó tan rápido, tan repetidas las series de los días que se fundieron en un único tiempo extenso. No entendía entonces la importancia de darle valor a los instantes, de habitarlos. Lo supe —tal vez como todo niño— en la infancia. Pero saberlo tampoco cambia mucho las cosas. Después de la felicidad de la niñez se instaló por mucho tiempo el tedio, la carencia. Habría podido hacer tantas cosas, pude haber vivido de otro modo el mundo, y sin embargo, ahora sigo un poco igual; a veces los días se repiten, se acumulan uno sobre otro como una nevada extensa, o como el polvo en un estante. Conforman una sola cosa, una idea de los días que pasan.

Los diarios no son precisamente memoria, sino emanaciones de una dimensión temporal.

Estoy sentado frente al pequeño árbol de navidad que hicimos este año. Ya he empezado a quitarle algunos adornos. Es caótico, refleja nuestro estado de ánimo, es decir, no es un árbol completamente feliz, pero al tiempo es cálido. Los muñecos parecen felices allí. Le dije varias veces a Á que los árboles de navidad como este eran una especie de hogar para los adornos durante las festividades. Viven entre las ramas del pino con esa vida *dickensiana* que creo percibir en algunos objetos. Tal vez entre hoy y mañana termine de recoger todo. Siempre me da nostalgia terminar la navidad. El otoño y el inicio del invierno, los mejores meses del año. Es año nuevo, el cielo está despejado, no hay una sola nube, pero se anuncia nevada mañana.

Los pensamientos de esas horas, pegadas, como una sucesión de casas idénticas en las que regreso al pasado buscando una luz particular. ¿La luz de un portal azul que hace ya décadas me remitió a otro portal?

Pasé la noche en vela y me espera una larga mañana. Los desvelos me enferman y se producen por la intrusión de un pensamiento simple a mitad de la noche, que crece y se encarga de despertar todo el cuerpo.

Somos los fantasmas de los lugares que soñamos.

Ya en el nuevo año. El campus está nevado, solo. Busco las películas en todas partes, mi verdadera patria. Entro a la cafetería; está también casi vacía, no me piden nada para entrar; así que me sirvo unas porciones de pollo frito, un *grilled cheese* sándwich. Me siento con unos diarios de Lorenzo García Vega, su *Cuaderno del Bag Boy*. Pienso en Lorenzo cada vez que voy al supermercado, lo veo, un anciano arrastrando los carritos del supermercado, viajando con su mundo, con sus espirales en los vaivenes del parqueadero, el ruido metálico de los carritos, la forma como casan entre sí al alinearlos, su uniforme, su gran nostalgia, su resignación transfigurada en observación del vacío en su playa albina. Cazando sonidos, haciéndolos sólidos. Salgo; no hay una sola nube, esos elementos de postal; los árboles invernales con su legión de dedos de bruja, los ladrillos de los edificios, la nieve virgen reflejando el sol, el azul intenso del cielo.

Enero. Ya en la oficina. Inicio de otro año. Todo más o menos igual. Incluso los deseos de cambiar cosas, de mejorar, de disciplinarme.

Tomo V de Proust. *La muerte de Bergotte*. Se encuentra en el museo visitando *La viste de delft* de Vermeer. Bergotte piensa, mientras observa un punto de la pared amarilla, que debió trabajar una y otra vez sus frases para lograr con ellas un tono, un efecto como el que él siente al observar ese fragmento de color en la pintura. Esa "materia", como la llama Proust en el tomo V. Bergotthe siente mareo y muere en el museo, en medio de una multitud. Este famoso pasaje me hace pensar en esa fascinación polillesca que padezco ante ciertas imágenes o textos, y eclipsa un pasaje posterior, quizá más fascinante: la imagen de sus libros abiertos en los escaparates iluminados. "Lo enterraron, pero toda la noche fúnebre, en las vitrinas iluminadas, sus libros, dispuestos de tres en tres, velaban como ángeles con alas desplegadas y parecían —para el que había dejado de existir— el símbolo de la resurrección".

Este es un buen campus. Un oasis en estos tiempos.

Anoche, a la madrugada, lecturas de Sloterdijk. El pecado original nos puso en una situación de exilio permanente. Nacimos expulsados, y a la vez condenados a replicar infinitamente el pecado cometido.

Otro cuaderno que se acerca a su fin. Me he acostumbrado a hacerlos estacionales, aunque a veces los parto en dos, o sencillamente los cierro y empiezo de nuevo, aleatoriamente acosado por la promesa de la página en blanco. Escribir nuevas notas y reescribir la vida. Aunque el equinoccio de primavera ocurre el 20 de marzo, el clima está cambiando, la primavera empezó en invierno, las plantas siguen su ciclo milenario obedeciendo a la madre naturaleza, y en los jardines wilsonianos el verde claro ha empezado a reverberar, como si despertaran de una resaca en otro tiempo, confundidas, confundiendo también al ojo. Ya no es invierno, es primavera en el invierno, y probablemente un extenso verano se comerá la primavera, interrumpido por huracanes y tornados.

Releo el texto de Calasso sobre Walser. Se pierde, gira en torno evadiendo la profundidad que promete.

Algunos de los arboles más grandes están envueltos en enredaderas secas. Las ramas de las enredaderas ahora muertas se han fusionado con los pliegues del árbol como si fueran un vestido de gala espectral. Ahora le presto atención a esas cosas. La araña de jardín, verde y grande como un ravioli, con su amenazador diseño en el abdomen, tejiendo su red en la ventana del estudio. Me gusta observarla mecerse en su red cuando hay brisa; o después de que ha llovido, ver la red llena de gotas como si se tratara del colgandejo brillante de una gitana. Cada gota una bola de cristal.

En el *downtown* de *Wilson*, después de salir de una tienda de antigüedades, me encuentro con el vendedor de alfombras persas; entramos a su local, cientos de alfombras usadas por doquier, colgadas en las paredes, arrumadas en las esquinas, envueltas en rollos, algunas apiladas por tamaños, otras apenas puestas unas sobre otras descuidadamente. Una absoluta explosión de color que me hace pensar por metonimia en *Las mil y una noches* o algún mercado de Bagdad del siglo XIX. Le pregunto si aún conserva una alfombra azul verdoso que casi le compro hace un año. La recordaba perfectamente; levantó sin vacilar la esquina de una de las pilas y allí estaba. Nos sentamos sobre una pila de alfombras a conversar. El vendedor me muestra en su teléfono una casa que compró hace poco. Yo me imagino mi casa, con pisos de ámbar oscuro y con una alfombra persa en cada habitación.

Enseñar. Cuando enseño pienso en los buenos profesores que tuve, pocos, escasos como los buenos libros, y también en aquellos encuentros a lo largo de la vida que han dejado una frase, un gesto, una actitud y se han constituido en parte del propio aprendizaje. Trato de repetirlos en el salón de clase. Enseñar es también ser en un eco.

En esta ciudad los flujos del Sur Profundo emergen frescos entre sus intersticios.

Estoy editando algunas entradas de mi diario *Escrito a pluma*. El libro se publicará, tal vez, en el otoño; creo que está casi listo. De cientos de páginas se imprimirán apenas decenas. Una especie de destilación, un repaso del flujo escrito por un alambique-laberinto. Kike me ayuda en la curaduría. Depurar cierta intimidad, pero aun así están tejidos con esa materia íntima. El diario confesional, es un género sobre el que tengo emociones ambiguas. Puedo entender el placer liberador y en cierta forma saludable de narrar la intimidad a los diarios, como si fueran el único amigo real, aquel "interlocutor cruel" del que habla Canetti. Sin embargo, no creo que la confesión como tal deba ser el núcleo del diario. Un diario, un cuaderno fechado es para mí el camino, como el de Hansel y Gretel, hecho con migas de jengibre para regresar a casa; y cada grano es, a su vez, un universo o un aleph del que sea posible, de pronto, en un ejercicio de la memoria, desplegar la existencia.

En un mediocre programa matutino presentan a un perro robot. Se trata de un cachorrito tierno, de ojos grandes y azules que se sienta y baila a las órdenes de una de las presentadoras. Me recuerda la estética de *Astro-Boy*, la serie animada japonesa de los sesenta. Los ángulos redondeados, la limpieza de las líneas, el diseño simple y ágil. Ese futuro ascético y casi perfecto que aún se anhelaba en aquellos años, distante de los escenarios apocalípticos que regirían las narrativas de las décadas posteriores. Ahora las dos presentadoras abrazan y besan al artificio mecánico. Una de ellas hasta le rasca el cuello mientras con los ojos entrecerrados le murmura algo en el oído. En la audiencia, las mujeres exclaman llenas de ternura ante el gesto de la presentadora. Desayuno resignado mi *oatmeal* y mi *pancake* de proteína. El "futuro", aquel que ya empezamos a transitar en sus orillas, se ve aterrador.

La condición humana es la diferencia. Cualquier intento de homogenizarla resulta fallido. ¿Se dirige esta época irremediablemente a un nuevo puritanismo? Las nuevas tecnologías de la comunicación y la masividad de la opinión de las masas han creado tribunales absurdos; su hartazgo los hace más terribles. En sus pupilas vibra, esta vez mediado por una pantalla, un goce similar al que vibraba en el pasado en la mirada de las multitudes cuando un cuerpo ardía en una hoguera, o era desmembrado, guillotinado, o quedaba pendiendo con un balanceo que tensaba el nudo de la horca.

La existencia adquiere extensiones en la escritura, y para la sutileza de la vida tal vez sea más útil la ficción, o incluso las memorias, que son también una forma de la ficción; o, en todo caso, una de sus posibilidades. Mientras escribo, estoy en la mesa de juntas de mi oficina. Sharon, la señora del aseo que reemplazó a Leroy, está barriendo el reguero semanal. Oigo la escoba sobre la alfombra y de fondo a Ryuishi Sakamoto, que durante las últimas semanas me ha acompañado en las primeras horas de la mañana.

Siempre cruzo con ella un par de palabras: la saludo en español, ella se ríe con gana y me responde con lo que cree haber oído.

40 grados a finales de marzo. Encontré por casualidad una bufanda verde con listones verticales rojos que compré hace ya más de ocho años; me la he puesto hoy. Estos tal vez sean los últimos días fríos de la estación. Los arboles aún desnudos comienzan a tener en las puntas de sus ramas retoños oscuros que en pocos días estallaran creando la primavera. Los árboles fueron más pacientes, más puntuales que los arbustos, que con la sorpresiva ola de calor de hace unas semanas revelaron su primavera a destiempo y se veían fuera de lugar, como si se hubieran presentado con un vestido de fiesta a un funeral. El clima, en todo caso, está desbarajustado.

El arce frente a la ventana de mi oficina, que hace apenas unos días tenía en las puntas de sus ramas unos pequeños brotes oscuros, negros a contraluz, espoleado quizá por las lluvias del fin de semana, tiene hoy lunes sus primeros retoños verdes, como pequeñas manos abiertas. Ya le crecerán hasta alcanzar el tamaño de un cuaderno, o un libro mediano; y en el otoño, ya ocres, empezarán a caer con el viento, tapizando el suelo con los colores del otoño.

Relectura en la mañana de las primeras páginas de *Moby Dick*: Ishmael se dirige al barco, llega a la posada lúgubre donde tendrá que compartir cama con un arponero, vacila entre dormir con él o sobre un banco que el hostelero intenta lijar en vano —tira las virutas al fuego. Dejo el libro, paso a otros, como saltando sobre rocas en un estanque; de nuevo estoy en el Japón de Soseki: cuenta que ha muerto el emperador, es el fin de la dinastía Menji. Finalmente, transitando Tokio, me vuelvo a dormir.

La vida debería ser una búsqueda —con la condición de ser siempre inconclusa— de la trascendencia.

La emoción de internarse en un proyecto escrito. Una idea que se presenta como una aventura por un territorio inexplorado, pleno de vida. A la tierra ya no le quedan lugares ocultos; el fondo del océano, la Antártida quizá. Pero la literatura aún ofrece la posibilidad de la aventura y el descubrimiento, vitales para la experiencia humana. Sin embargo, de pronto, aparece un agotamiento y la escritura posible se produce sólo en las palabras que bordean la idea, se queda en las afueras, intentando entrar en ese territorio que ha sido hasta ahora una intuición. En mi caso se produce una escritura circular que teje una especie de nido alrededor del espacio que de pronto parece un espejismo. A veces, sólo a veces, en el nido, aparecen unos hilos de plata.

Grillenkrankhei: enfermedad de los grillos. Así Kant llama a la hipocondría, según Botul.

Es otoño, ya el inicio de su final. Llueven hojas doradas por todas las calles, como si fueran los tonos de una pintura de Klimt, arrebatados del lienzo por una ventisca.

Escritura matutina, palabras adormecidas que intentan despertar buscando un destino en la superficie blanca de la pantalla o en el marfil de este cuaderno. Ese desierto que sólo ellas pueden poblar. Buscan un oasis y lo van creando con su rastro.

Breve viaje a Boston. Espero el metro, hay humedad en los intersticios del túnel que corre debajo del agua. Inevitablemente miro hacia arriba. ¿Qué ocurriría si la estructura se quebrara? Al frente mío, esperando la línea que viaja en sentido opuesto, hay un par de personas; regreso la mirada a mi teléfono y cuando la levanto de nuevo el par se ha multiplicado, ahora decenas esperan su vagón. Es hora pico. Todos con la cabeza agachada observan sus teléfonos, nadie conversa entre sí o lee un libro, parecen sometidos a una especie de hipnosis o a un designio originado en alguna agenda malévola, o incluso, parecen haber sido reemplazados por otros seres cuyo fin es vivir eternamente observando las pequeñas pantallas, habitando un universo artificial. Tomo una fotografía, la imagen me inquieta. De pronto, como suele ocurrir, cuando se trata de hacer sentido, recibo una visita de la memoria. Se trata de una tarde en Bogotá cuando observaba *Invasion of the Body Snatchers*, la película de 1956, dirigida por John Siegel, en la que los humanos son reemplazados por plantas alienígenas que se reproducen haciendo replicas de aquellos a los que han secuestrado. Las copias vegetales caminan como autómatas, carentes de emoción, con la mirada perdida en un horizonte inexistente.

Austeridad. Anoche busqué esa palabra durante horas; la iba usar en un párrafo y de pronto desapareció, como se le pierden a uno las llaves o las gafas. La búsqueda no me dejó en paz gran parte de la noche, mientras leía o jugaba una partida de ajedrez en Internet —encerrado en el mismo nivel desde hace tiempo, incapaz de avanzar o mejorar. Mi concentración disminuía, pues solo pensaba en la palabra ausente, y trataba de hallarla en otras: sencillez, simpleza, pulcritud, humildad; ninguna verdaderamente cercana. Pensé en la neblina, en la perdida progresiva de la memoria en los ancianos y enfermos de alzhéimer (esa enfermedad que es multitud), y en cómo las palabras poco a poco los van abandonando. De pronto, esta mañana, sin buscarla, apareció. Austeridad. Regresó casi como un ser vivo, un animalito gráfico parado a mis pies mientras leía. De fuente apretada y negra, la tipografía me miraba y pudo haber saltado hasta mi hombro, para desde allí verme escribir, o para leer conmigo *Anverso y reverso*. Quizá fue el texto de Camus el que la hizo regresar. Camus habla allí de su infancia en Argel: "En primer lugar la pobreza jamás ha sido para mí una desgracia: la luz sembraba en ella sus riquezas. Incluso mis rebeliones han sido iluminadas por ella".

La vertiginosidad con que se superponen las tecnologías de las comunicaciones, el ritmo que imponen en la vida de los individuos comunes con su demanda de atención constante, el progresivo aislamiento al que, paradójicamente, nos someten, están produciendo cambios inéditos, y probablemente irreparables. ¿Cómo pensar una ética? ¿Cómo crear una moral? ¿Cómo mantenerse a la altura de los tiempos, cuando justamente es el tiempo mismo el que nos está siendo arrebatado? El resultado: vacíos en el sentido, sociedades angustiadas y ansiosas, paranoia, retorno a puritanismos que desencadenan la intolerancia, el racismo y la xenofobia.

Soñé con mi papá. El sueño transcurre en una Bogotá marítima que nunca existió. Mi papá, con 20 años tal vez, caminaba por una acera a la orilla del mar. Llevaba una camisa escocesa roja de manga corta y un pantalón oscuro. El cielo está despejado y unas pocas nubes blancas y dispersas flotan en el horizonte. En la otra orilla hay edificaciones antiguas y cúpulas de iglesia, los colores que priman son el blanco y el crema. Algunas estructuras son de granito. Toda la escena está bañada por una luz grata y tibia que me hace pensar, mientras escribo, en la imagen de una carátula de un disco de 33 revoluciones, en una pintura de Canaleto o en una imagen del Mediterráneo; pero sobre todo, en esa caratula del disco que no logro recuperar con precisión. Tal vez, se trate más de una fotografía antigua, o de la atmósfera de una película rodada en tecnicolor, pero las palabras rara vez alcanzan esa esencia de los sueños, que a su vez son la materia prima de la que está hecha la vida. Observo sin intervenir la caminata de mi papá entre el mar y esa especie de plaza de mercado vital, con olor a pescado y fruta y cuyas numerosas entradas en forma de arco conducen a pasillos oscuros y laberínticos, cuyas sombras contrastan con el brillo matinal sobre el andén y el muelle en el que pequeñas embarcaciones se mecen suavemente. Poco a poco, empecé a alejarme de esa ciudad del pasado y de mi padre, que ahora veo de espaldas, caminando solo, pensando, disfrutando de aquella mañana, quizá soñando con el futuro. Me alejo del sueño y me alejo del tiempo, de ese universo, en el que tal vez (es apenas una intuición) las cosas del mundo eran más reales. Varias veces en la vigilia vi a mi padre desde la distancia, caminando solo, pensando, interno en una especie de ensueño. Estar pensativo era una característica suya, y aunque por lo general era alegre y a la gente le gustaba su presencia, cuando se encontraba así se veía melancólico y triste.

Elias Canetti cuenta en *La lengua absuelta* que su infancia estuvo nutrida por varias lenguas e historias contadas por unas niñas campesinas búlgaras que ayudaban con las tareas de la casa y andaban siempre descalzas. Cuando al atardecer los mayores se marchaban, las jovencitas se ovillaban con él en el sofá y empezaban a contar, una tras otra, historias de vampiros y licántropos. Canetti escuchaba las historias en búlgaro, pero las recuerda en alemán: "no es como las traducciones de los libros, en que se realiza un transvase de una lengua a otra; se trata más bien de una traducción en el inconsciente". Aunque el escritor huye "como de la peste" de la palabra, inconsciente, considera justo en este caso "reivindicarla". La comprensión del universo que se nos presenta inédito a cada instante de la infancia no podría ocurrir sino a través de un proceso oculto, mágico y destinado a desaparecer con la edad. ¿Quién no percibe la propia niñez —esencia, materia prima de la vida— como una comarca misteriosa, vedada una vez que la hemos abandonado y a la que accedemos con claridad solo en los sueños? De ahí que de este periodo solo podamos hacer arqueología: reconstrucciones a partir de marcas y huellas —aquellos recuerdos que consideramos indelebles— cuyo resultado son traducciones de dudosa fidelidad. El tiempo custodia el territorio de los primeros años, como los ángeles con la espada en llamas custodian al oriente —punto cardinal del alba— la entrada del Paraíso.

La belleza ocurre gracias a las jerarquías resultantes de la dominación temporal de los elementos del caos. Basta con ver la noche estrellada de Van Gogh. Lo que ocurre allí es la captura de la aparición simultánea del movimiento de una naturaleza que ya existe caótica y aleatoriamente. El cielo y sus flujos, la ondulación de los cipreses y las montañas, el apareamiento espiral de los elementos presentan la visión de un paisaje que de otro modo sería invisible, y que el artista hace perceptible debido a su habilidad de internarse en el caos y experimentar su esencia. Dice George Painter que Marcel Proust al final de su vida se rodeó de objetos incluso "monstruosos", que le recordaban su familia y momentos importantes de su vida; porque la finalidad última del escritor no era rodearse de belleza, sino crearla. Según Victor Hugo, "para pintar una batalla, se necesita uno de esos pintores poderosos que tenga algo del caos en el pincel". A veces el caos habita de tal modo dentro del artista, que este (pienso en Francis Bacon) se hace su instrumento. La obra en este caso disipa las jerarquías para dar una visión del caos, de la naturaleza última de las cosas.

Hoy llevo el reloj de mi papá, lo agito un par de veces y puedo escuchar el sonido del mecanismo suizo que, a pesar de las décadas, ha despertado con facilidad. Es un reloj de dial dorado, 36 milímetros, pequeño comparado con los relojes de hoy, y en algunas partes se ha recubierto con una especie de liquen verdoso que me ha costado despejar. Aun así, se ve elegante en la muñeca; quizá se trate de su persistencia, de la presencia única que emana de las cosas hechas para perdurar. En la tarde cuando acompañaba a Á a un control médico, su doctor me dijo de pronto: *"Very nice watch"*. Le agradezco y le cuento que era de mi padre. Se queda mirándolo unos instantes más, y dice: *"Very nice indeed"*.

Washington DC. Por la autopista 1-95 son más o menos 4 horas en línea recta desde Wilson. Nos hospedamos en el Harrington Hotel. Al reservar me llamó la atención la arquitectura y edad del edificio. El hotel abrió sus puertas en marzo de 1914, unos meses antes de la Gran Guerra y apenas unos años antes de la pandemia de 1918. Dos sucesos bisagra que de algún modo se convertirían en los vestigios de lo que pronto sería ese "Mundo de Ayer" del que habla Zweig, o quizá en las señales del inicio de un mundo cuyo signo sería el cambio constante y la incertidumbre. Apenas cruzamos la entrada, el aire fresco del invierno fue reemplazado por un olor intenso a comida oriental y café que opacaban los pisos de mármol y los acabados en madera en algunos de los ángulos del vestíbulo. Nos asignaron la habitación 405, que se encontraba extrañamente ubicada en un enigmático recodo al final de uno de los pasillos del cuarto piso. Era una habitación pequeña que hacía pensar en el camarote estrecho de un barco, y que despedía olor a alcanfor. La única ventana, muy alta, daba a un muro amarillo que no pude discernir si pertenecía a otra ala del hotel o a una edificación vecina. Bajamos de inmediato a la recepción para que nos cambiaran. Los conserjes, después de cruzarse un par de miradas sospechosas, nos dieron nuevas llaves. La 405 debería esperar otras víctimas. Esta vez la habitación era habitable pero insípida, más cercana a las de los económicos moteles de camino, esos "inn" que durante el siglo XX proliferarían a la vera de las carreteras estadounidenses, que a su vez se extendían arborescentes y sin cesar por todo el territorio. Edward Hopper llevó estas habitaciones a la pintura, transmitiendo su soledad característica, su espíritu de lugar de paso, en un país que siempre ha invitado a la movilidad, al nomadismo, a "la puesta en carretera" del destino.

En *El mundo de ayer*, Stefan Zweig se despide de un mundo que sabe que ya no regresará. Un libro con el que él también se despide. No se trata solo del pasado, que irremediablemente queda atrás a través de la acumulación sucesiva de los instantes que transforman incesantemente el mundo, sino a una forma de vida cortada abruptamente con el advenimiento de un suceso.

En este caso, la Primera Guerra Mundial, que recluyó el esplendor celebratorio de la *belle époque* a los espacios de anhelo recreados por el cine y la literatura. Dice Sweig refiriéndose a este periodo: "Nunca creí más en la unificación de Europa... Pero en realidad era el resplandor del incendio universal que se aproximaba". Ese incendio que se alimentará durante los años siguientes con los detritos del desarraigo, la desolación, la aparición de los nacionalismos y luego la Segunda Guerra Mundial.

En 1942, un día antes de suicidarse junto con su esposa en Petrópolis, Sweig envía *El mundo de ayer* a Europa. Imagino el manuscrito envuelto en papel *kraft*, vibrando junto a otros paquetes dentro del fuselaje de un avión de hélice que atraviesa el Atlántico y que deja tras de sí, sobre un mapa amarillento, una línea que traza el recorrido. Sweig tenía razón en esto, el mundo no sería el mismo después y aún no había visto lo peor: el continuo avance de Hitler sobre Europa, la bomba... Los giros de las ruedas del tiempo —de allí tal vez nuestra proclividad al olvido— superan la finitud de las vidas humanas que habitan en sus engranajes. Ahora, en la segunda década del siglo XXI y mientras el terror de la guerra global dormita, tal vez no muy profundo, ocurre de pronto otro suceso. Un virus pone en pausa al mundo y confina a millones de personas. Gentes desprevenidas y confiadas en sus hogares han despertado un día en una realidad diferente para la que, quizá, podrían haberse preparado. Sin embargo, cuando las cosas ocurren tan súbitamente sólo queda hacer conjeturas. ¿Estamos presenciado la desaparición súbita de un nuevo mundo de ayer?

Inexorabilidad. Regresar en las mañanas a *La montaña mágica*, mientras el mundo se dirige a su destino.

Las películas. Al verlas, intento aprender sobre la luz.

Etimologías del estilo. En una entrada de su *Diario*, del 25 de julio de 1940, Cesare Pavese dice: "Los escritores que agradan por su existencia —por la actitud que tomaron en la existencia (Sthendal etc.)— son, en general, también estilistas en cuanto escriben". Podría pensarse el estilo literario como la expresión de una forma de vivir, como el resultado apenas lógico para quien la escritura es una proclividad o una vocación. Es decir, cabe preguntarse si para tales temperamentos la escritura no sería apenas una manifestación más, la necesidad misma de apreciar de cierto modo una ciudad (Sthendal), o de ajustarse el nudo de una corbata (Proust).

Ya no existe una mirada hacia la grandeza. Esta, en el mejor de los casos, ha devenido ruina y, por lo tanto, su sentido se hace indescifrable. Quizá en la literatura haya esperanza. Ruienverttheorie, la teoría del valor de las ruinas.

La vocación es, como lo recuerda su nombre, un curso, un impulso, un camino. Quizá sea diferente del "llamado". La idea de ser llamado por algo, algún oficio, alguna obra, implica un encuentro con una entidad que se halla fuera del artista, y que necesita de éste como su medio. Como tal, la vocación es algo que se puede practicar, pero el llamado requiere una voluntad. La voluntad de que se produzca un encuentro. Es tal vez grave para el hombre normal alejarse de su vocación, pero para el artista puede ser terrible renunciar a un llamado.

Zagajewski escribe un libro sobre el Garona, el río que ayuda a darle forma al pensamiento de Michell Serres.

Lectura de libros de viaje. Un género que ya no es para esta época.

No creo que exista una gran obra sin sacrificar al menos una parte importante de la vida por ella. Así, aunque ciertas obras puedan suscitar admiración y un saludable desconcierto, si su autor campea tranquilo por la vida, si vive con los sufrimientos y emociones de un hombre normal, su obra siempre distará de lo que pudo ser.

Dice Nietzsche que "la grandeza del hombre está en ser un puente y no un fin, lo que hay en él digno de ser amado es el ser un tránsito y un crepúsculo". En ese interino, en ese espacio entre los dos extremos que conecta el puente, ocurre la existencia. Todo lo que somos, lo que logramos ser y hacer, ocurre en ese intervalo. Por lo general, nos movemos por la vida como el producto de una inercia, de una energía, que es familiar pero que sabemos que no nos es del todo natural. Cualquier resistencia, producto de nuestra voluntad, que opongamos a dicha fuerza, resultará inevitablemente en una transformación. Tal vez, la grandeza, o un compás de su medida, se encuentre en nuestra lucidez y en la dosis de voluntad que aplicamos para resistir dicha fuerza.

La fotografía, la posibilidad de hacer cine, de publicar libros de otros —la imagen del libro como objeto— son apenas fibras, extensiones neuronales de la pulsión de mi mente que busca realizarse en la escritura. Una paradoja en todo caso, porque lo que busco con la escritura es crear imágenes.

La amistad, a diferencia del amor, es una decisión, un constructo que se erige a partir de un concepto. No surge espontáneamente, se nutre de la espontaneidad, pero existe gracias a un trabajo y a una voluntad; es el producto de experiencias compartidas, de "… torpezas compartidas", como dice Nicolás Gómez Dávila. No tan sorprendente como el amor, al cual le basta para existir una sonrisa, se sostiene a su vez sobre conceptos como la lealtad, la palabra, la incondicionalidad. Su duración en el tiempo es una forma de arte. Para saber de la amistad hay que leer *El último encuentro* de Sandor Márai.

Un escritor se sabe escritor desde siempre, la no realización de la obra lo degrada.

Cada época hereda los conceptos de la anterior, pero usa el lenguaje en que estos existen de acuerdo con su propio ritmo intrínseco. En este proceso, sus significados cambian, las ideas que les dieron origen se duermen, y los conceptos se vacían o reemplazan. Casi siempre, como si se tratara de una deriva continental, estos cambios son imperceptibles, no afectan los diccionarios, pero en cambio sorprenden a las generaciones que convivían con ellos y entendían desde ellos la vida.

El general, un hombre viejo, vive en una mansión rodeado por un bosque, y con unos pocos sirvientes. Un día recibe una carta, que lee usando la luz cortada por unas persianas. Reconoce la mano alzada y sin vacilar ordena a su cochero que se vista de gala y vaya a las 6:30 de la tarde, no después, a recoger a un hombre. Una salvedad: entre la servidumbre se encuentra Nini, una mujer que fue su niñera y que lo acompañó a lo largo de toda la vida. Nini pertenece a esa casta mujeres literarias omnipresentes, inmortales, como la Françoise proustiana. Pero a diferencia de Françoise, Nini es una amiga que, nos deja entrever Márai, ha quizá transitado de la amistad al amor. Sin embargo, *El último encuentro* es una novela sobre la amistad, sobre una forma de amistad escaza en estos tiempos, y como tal casi irreal. *"El general la observó con curiosidad, inclinándose hacia delante. Su vida y la de ella habían transcurrido paralelas, con el movimiento lento y ondulado de los cuerpos muy viejos. Lo sabían todo el uno del otro, más de lo que una madre puede saber de su hijo, más de lo que un marido puede saber de su mujer".*

En su biografía sobre Marcel Proust, Diesbach recuerda un libro, *Le secret de Marcel Proust* de Charles Briand, en el que se divaga sobre la verdadera naturaleza del icónico beso materno que en la novela el pequeño Marcel se las arregla para obtener en una de las noches de visita de Swann. Según Diesbach, pudo tratarse quizá de una caricia más lubrica que maternal, emparentada con el afecto que dispensaba María Antonieta a su hijo Luis Carlos, y aunque Diesbach añade que se trata de "un hecho oscuro del que no existe prueba alguna", pero al mencionarlo nuevamente en la biografía, recuerda cuan proclives estamos a indagar en el lado oscuro de la vida de los otros, para hallar allí, en esa oscuridad, alguna manifestación del placer que produce la maledicencia. ¿Podría un episodio incestuoso, desencadenar una obra como la *Recherche*? Sin duda. Como también pudo desencadenarla una pintura de Turner, o una iglesia simplona y ruinosa que a los ojos de un niño solitario se viera como un castillo encantado. En realidad, lo importante es la arquitectura que se erige, el universo que se crea a partir de una idea, sin importar su complejidad o futilidad. Cuando se le preguntaba a García Márquez cuál era el significado de las mariposas amarillas, el respondía: "Eso son, mariposas amarillas".

Devenires de Lise Tréhot. Ya eran las cuatro de la tarde, tendríamos poco tiempo en la ciudad, y corrimos a la National Gallery. Era martes y las salas estaban relativamente desocupadas. Pero como teníamos poco tiempo, nos decidimos por los impresionistas. Me detengo frente a la *Odalisca* de Renoir: Lise Tréhot es la modelo de casi todas sus pinturas. La sinuosidad de la pieza parece reclamar al pintor-espectador desde un sueño de opio. Imagino los aromas que quizá emanaban de aquella habitación, la textura de los haces de luz que se proyectaban en ese espacio posibilitando la pintura. Uno de los guardias se acercó a unos milímetros de la pintura, y la observó detenidamente. Por un instante pensé que la observaba por placer, pero después, cuando hizo lo mismo con otro cuadro, caí en cuenta de que los inspeccionaba para cerciorarse de que estaban intactos. Siempre me he preguntado cuál es la relación de los vigilantes de los museos con las obras que custodian, ¿llegan acaso a amarlas, a sentirlas tan vivas, como a veces yo creo sentirlas en esas visitas siempre espaciadas y fortuitas? ¿habrán alterado su forma de ver el mundo? ¿serán los escenarios de sus sueños y sus pesadillas?

Mujer con sombrilla, de Monet. Ver a los impresionistas es recibir una brisa, una corriente de aire fresco. El siglo XX trajo consigo no sólo grandes artistas, sino un frenesí expresivo sin antecedentes, y una necesidad de novedad que no ha cesado. Observar las pinturas impresionistas es exponer la mirada a una frescura, rara vez presentada en el arte.

En el primer capítulo de la *Recherche*, Proust ha descrito cómo el mordisco de la magdalena mojada en el té había desencadenado el recuerdo de Combray. Luego, en el segundo capítulo, al retomar los días en casa de tía Leonie, Proust regresa al episodio de la hora del té. Esta vez narra cuando, después de haber recibido de

manos de Françoise la bolsita con la infusión, la abre y deja caer las ramas de tilo que han sido maceradas por el farmacéutico. En uno de sus extensos párrafos describe el universo que representa para él aquel seco conjunto vegetal: "*...y yo era el encargado de dejar caer de la bolsa de la farmacia a un plato la cantidad de tila que después se había de echar en el agua hirviendo. La desecación de los tallos los había retorcido en un caprichoso enrejado en cuyos almocárabes se abrían las pálidas flores, como si un pintor las hubiera dispuesto, las hubiese hecho posar, de la forma más ornamental. Las hojas, tras haber cambiado de aspecto o haberlo perdido, parecían las cosas más dispares —una transparente ala de mosca, el reverso blanco de un membrete, un pétalo de rosa—, pero que hubieran sido apiladas, trituradas o trenzadas como en la confección de un nido. Mil pequeños detalles superfluos —encantadora prodigalidad del farmacéutico— que se habrían suprimido en una preparación artificial me daban —como en un libro en el que nos maravillamos de encontrar el nombre de una persona conocida—el placer de comprender que eran de verdad tallos de tilo, como los que veía en la Avenue de la Gare, modificados precisamente porque eran auténticos, no imitaciones, y habían envejecido*".
El té y la magdalena del imaginario proustiano, en tanto símbolos de la memoria, tienen aún mucho que contar. Según la mitología griega, la oceánida Filira —deidad de la escritura que enseñó a los hombres a hacer el papel y el perfume—, después de haber sido seducida por Cronos y dar luz al centauro Quirón, le pide a Zeus que la convierta en planta. El árbol elegido es el tilo. La infusión de Tilo —a partir de sus ramas, hojas y flores— es conocida, junto con su aroma, por sus propiedades

relajantes, propicias para la ensoñación y como tales un portal para la aparición-creación de la memoria. Por otra parte, las magdalenas, según algunos, eran hechas en Illiers —sedimento del imaginario Combray— y varios otros pueblos franceses, en honor a las conchas marinas con que adornaban los sombreros de los peregrinos a Compostela, rindiendo homenaje al sepulcro, perdido por mucho tiempo del Apóstol Santiago ¿Qué secretos le habrá robado Firila al dios Tiempo?

Me acerco a la edad del Quijote. Irremediablemente avocado, por tener esta edad, estoy condenado a seguir sus pasos si deseo cumplir algo sueño. Últimamente pienso más en él, en su lucidez repentina, en la súbita necesidad de —no importa cómo— cumplir los sueños. Pero me contento, en las mañanas, con un té negro, ahora casi desabrido —algunos sabores, así como los olores, viven ahora sólo en la memoria. Es sólo cuestión de tiempo para que se marchen. Yo también debo emprender un viaje. Es necesario emprender un viaje incierto para recuperar algunas de sus impresiones antes de que se desvanezcan para siempre y que, con ellas, desaparezcan también para siempre regiones enteras del recuerdo.

Los sonidos de Brueghel. Elias Canetti recuerda un incendio que tuvo en lugar en su infancia: unos ladrones aprovechaban el fuego para saquear una casa que ardía. Las figuras negras y encorvadas cargando diligentes el botín, lo remitirán para siempre a Brueghel; y a su vez, Brueghel lo remitirá para siempre a la escena de la casa en llamas, a los "los innumerables y pequeños personajes del fuego de mi infancia". El escritor, que no llega a conocer el trabajo del pintor flamenco hasta los 19 años, cuando se encuentra en Viena, enfatiza que esta relación con su niñez no surge de un análisis pictórico, sino con la familiaridad que siente ante las obras "como si siempre hubiera vivido entre ellas". Existe también una dimensión sonora en el recuerdo de Canetti: Las muchachas que trabajan en su casa gritando "¡Ladrones! ¡Son ladrones!" En efecto, hay un encanto singular que emana de las pinturas del Brueghel; cada una despliega la visión privilegiada de un acontecer en un universo en movimiento, que puede llegar a ser acústico, y que convierte al espectador en presencia. Las pisadas de los cazadores hundiéndose en la nieve, los patinadores que rasgan el hielo de invierno bajo la mirada vigilante de los cuervos, la brisa del océano mientras Ícaro desciende —incluso su grito, su vértigo, que en una primera instancia es inexistente—, la algarabía irrepetible en la Torre de Babel... todo se vuelve sonoro debido a la contemplación.

Muchos detritos componen los discursos de nuestro mundo. Flotamos dentro de la estela del ángel de Klee.

Estoy haciendo unos panqueques. Mientras se doran, escribo. Aún no abro las persianas; me gusta la luz filtrada en las mañanas y sorprenderme un poco con el tono que tendrá el cielo. Apenas salga de la habitación Á me dirá: "¿No has abierto las cortinas? Como te gusta vivir en la oscuridad".

Wilson, North Carolina. Algunas cosas están allí, durando.

IV

Cuaderno Clairefountain de Bogotá
(2017)

Eternally asleep,
his dreams walk about
the city where he persists
incognito.

William Carlos Williams

Décadas después, una parte de los azulejos cóncavos que cubrían la esquina de la calle en la que vivíamos cuando tenía seis años aún se sostiene. Era una esquina redondeada y cada vez que la doblaba seguía con mis dedos la geometría de las pequeñas baldosas. Esta vez no me bajé del carro; iba enfermo, a buscar al médico que me curó de las paperas cuando tenía siete años. Mi primo me dijo que aún atendía y que seguramente me vería sin cita. Accedí, en gran parte por curiosidad, en parte por confianza; por ese tipo de confianza que solemos tener hacia el pasado, como si en él siempre residiera la realidad. Camino del consultorio pasamos frente a la casa de ladrillo donde vivíamos y luego vi la esquina, las pequeñas baldosas color azul marino, vi mi mano tocándolas, la manga de una chaqueta impermeable azul, y con la imagen regresó también el recuerdo táctil; pero no nos detuvimos, el malestar era muy fuerte. Alcancé a tomarle una foto a la fachada de la casa. Mi papá, mi mamá y yo vivíamos en una habitación que tenía una puerta independiente a la calle. En frente, sentado en el andén, me ponía los patines de correa. En esa calle aprendí a patinar. Un par de años después nos mudamos para el fondo de la casa, que tenía adentro otra casa independiente, espaciosa e iluminada, y también una chimenea. Creo que en esos tiempos éramos felices. El médico no estaba; el barrio que había recorrido tantas veces en mi niñez y mi primera adolescencia se revelaba como a parches, intermitente, revelando su humor, sus tonos, sus sonidos, su luz, pero, quizá para bien, el mareo y la fiebre mantuvieron al barrio y al tiempo seguros, en su dimensión onírica.

Ver a mi mamá nuevamente, compartir con ella, sentir de nuevo su presencia, la cercanía en la otra habitación. Ella es nuestro apartamento, el origen de la familia. Algún día, quizá, esto forme parte de una novela.

Mi abuela le curaba a mi mamá el dolor de oído con unas pepitas de ruda.

Traje más agendas que libros, y hasta tinta en la maleta. Me he quedado sin palabras. La memoria es más pesada que la pluma. Lo que le arranco a estas páginas es poco. Quizá haya que dejar que la vida se sedimente, que logré entender realmente qué es lo que ocurre cuando se regresa.

Los papeles, los recibos, el más triste rastro de una vida. De pronto la dirección de una sucursal bancaria o el recibo de servicios de algún apartamento olvidado pueden revelar una calle, y la calle una época, un tráfico a través de la ventana, un corte de pelo.

Viajaba a Bogotá con el deseo de llenar cuadernos y notas. Empecé a partir meses atrás, anhelando y temiendo el reencuentro con la ciudad. Temor a perder el aura de la memoria al enfrentarla a la realidad o a su ausencia. Ocurrieron las dos cosas; el encuentro con el tiempo detenido.

Empezar una novela, siempre ese deseo; y después de iniciar no poder dar vuelta atrás. Solo encontrar la salida al otro lado, después del fin. Me llegan ideas en la noche, en la madrugada. A veces abro súbitamente los ojos en la oscuridad. He sido despertado por una de esas ideas, como si al haberse formado nebulosamente en algún rincón de mi cerebro mientras soñaba requiriera de la gravedad del pensamiento articulado para luego crecer en una historia. Metamorfosearse en un libro.

El deseo de escribir se ha renovado en Bogotá, el alma de las fachadas, la memoria que se ha despertado con mi regreso, el ritmo, la energía de la ciudad, ese vibrar de hormiguero, de proliferación.

Caminata con Kike por Teusaquillo hace unos días. Transitar por esa Bogotá europea. Con sus casas de ladrillos, los jardines atiborrados y estrechos, pequeñas junglas que entre su barroquismo revelan una ventana enrejada, una tacita de té en el alfeizar, una sala fría. Las habitaciones —aquí se ensambla el paseo con la memoria— con tablones de madera delgados, metonimia de la viruta, de la cera, el olor, la brilladora eléctrica y antes el palo envuelto en trapos viejos. Cada jardín es un intento de hallar un portal al paraíso, esa época prehistórica ideal de una primavera permanente y abundante.

La alegría de estar con mamá. El género de los sentimientos que surgen ante la presencia, la ternura y la conciencia del tiempo implacable.

Hojas y libretas que rompo, agendas con la caligrafía de mi papá, que solo tienen cifras y pedidos, en su letra pegada y dinámica pero casi ilegible. Las rompo sin mayor nostalgia, pero la poca nostalgia se sedimenta como plomo en el pecho y el estómago. Les tomo fotos, guardo un par. Al tocar en la textura de ese papel liso como encerado de las agendas de los años 80 y 90, siento la presión de su pulso, la impresión del peso de su mano al dejar el trazo de las líneas. Guardo dos agendas y unas pocas páginas. Las doblo y las meto entre los lomos de los libros de una de las bibliotecas. Allí reposarán unos años más… o un tiempo más. Extraño profundamente a mi papá, su presencia, su alegría. Estar en su apartamento sin él es extraño y difícil; cómo deseaba encontrar un diario, unas notas íntimas, alguna reflexión, pero nada de eso. Sin embargo, su presencia flota en cada rincón, en la disposición de los muebles, en su inacabada burbuja que era este apartamento.

Proust, 10 de julio de 1871; Soseki, 9 de febrero de 1867; Thomas Mann, junio 6 de 1875. Tres de los escritores que más me interesan, en los que más he hallado una posibilidad de comunicarme, de transitar, son contemporáneos. Dos europeos, uno japonés. Soseki se siente, en todo caso, más cercano a esta época. En *La puerta*, por ejemplo, es difícil identificar cuándo ocurre la historia, de no ser por las referencias concretas, como una Hiroshima aún viva, pero la historia de Sosuke y Oyone bien podría haber ocurrido alrededor de los años cincuenta. No deja de intrigarme o interesarme la edad en que nacieron los tres escritores. Sus infancias transcurrieron en el siglo XIX, y sus personalidades se estaban recién cristalizando al final del siglo. Son escritores de otro tiempo que ya sentían la nostalgia de un tiempo en el que la lentitud era parte vital de la existencia, y que vaticinaban el vértigo en el que el mundo desde entonces no cesaría de precipitarse.

Cada vez que veo un caballo pienso en su ojo mirando la coronilla de Nietzsche y en mi querida tía Luz Estela —cuya mente hoy falla— saltando, cuando tras una barda un caballo gris le recibió de la mano una zanahoria. Recuerdo aquella barda de ladrillos blanqueados con cal, ahora sucios, como una extensión cromática del caballo. Recuerdo además el cielo que, aunque gris, dejaba pasar una luz difusa y uniforme aquella mañana.

"Florencia era la reina de la Edad Media", dice Sthendal.

Cielo nublado, caos en el apartamento, tristeza sedimentada en mi mamá que aun así conserva su dulzura. Verla ahora en su dimensión total, en su abnegación, en su amor sincero y sin tacha. Y ese dolor por mi papá. Podría explorar literariamente esto, pero, ¿servirá de algo?

Mi mamá en el estudio, como si fuera un oficio antiguo —la oigo— rasga interminablemente papeles viejos, recibos de tarjetas de crédito, de servicios que mi papá acumulaba con celo y sin razón. Son las 12:12 del día en Bogotá. El cielo está casi todo nublado, pero unos tonos de azul claro no muy intenso comienzan a abrirse paso entre las nubes.

La ciudad que se revela con mis pasos, la ciudad que regresa, que Alejandro dice que en realidad ya no está. Yo no sé, pero siento el ritmo cambiado, y con tonalidades precisas. Aún me siento temeroso, turista de mi propia vida, de mi pasado, y aun así soy yo más aquí que en otros lugares. Los cerros, el clima, la tonalidad gris y el sol picante. A veces lo recordaba distinto. Más picante el sol, más frío el frío, más fuerte y frecuente la lluvia (ha sido un mes benévolo). Pero al regresar también regreso yo.

La memoria individual no me deja de sorprender. Alejandro me ha contado con detalle cosas que yo hice o dije. Eventos, situaciones largas que se han borrado. Después de escucharlo por un rato algo parece regresar, pero no sé si es una memoria recién inventada gracias al relato de mi amigo.

De tanto en tanto el aura bogotana se impone y se encarga de que regrese el agobio. Es un temperamento de la ciudad que está dentro de uno, una forma de reacción genética. Sin embargo, ha sido más fuerte la emoción del regreso, el tránsito por los lugares que antes formaban parte de cada día. El encuentro con el pasado es el encuentro con la realidad. No se trata de que la realidad se encuentre en un lugar determinado del tiempo; es el tiempo mismo sedimentado, edificado como una catedral cuyo fin fuera justamente la ejecución de su arquitectura, lo que constituye la realidad. Estamos presentes en cada momento de nuestro pasado.

Es el penúltimo domingo en Bogotá. Hace frío; mi mamá se levantó un poco de mal humor. Generalmente es un pan de Dios, pero su dolor sedimentado, sus achaques de la edad, la soledad, sus preocupaciones por los problemas económicos, han lacerado su salud. Siempre se anhela un camino paralelo donde la salud no nos abandone, donde la vitalidad no sea un problema y la edad sea, en todo caso, el lento atardecer de una primavera apacible.

El registro del sonido en todo caso ha cambiado, la gente en general habla distinto, una nueva generación con otros tonos, otras expresiones y palabras. Al cambiar el lenguaje también cambia el pensamiento. Eso me ha impactado al entrar a alguna panadería, a un almacén o a un bus, en la conversación con los taxistas. Se habla diferente ahora. No lo he notado en mi familia; bueno, tal vez un poco en los más jóvenes.

Sé que mi mamá hace un esfuerzo por callarse y aguantar mi ritmo y el desorden que yo he ocasionado en su vida desde mi llegada, pero además sé que sufre profundamente por mi pronta partida. Aunque mi desorden ha estado encaminado a ayudarla a organizar todo de nuevo, y algo se ha logrado, en el día a día, en las horas, soy caótico y dejo rastro de mi caos. Romper y botar papeles, poner de nuevo los libros en los estantes. Cambiar el estudio y mi cuarto, que cuando no estoy es el cuarto de los huéspedes y las terapias.

He dejado de anotar con frecuencia, pero no importa, a veces deseo abandonar este diario, internarme (tanto lo repito) en el universo de una novela, vivir en ella, recobrar en las líneas que se imprimen sobre la pantalla un poco de la verdadera vitalidad.

Encuentro invitaciones a graduaciones y matrimonios de personas que seguramente ya no me recuerdan, o si me recuerdan les soy totalmente indiferente. Un matrimonio disuelto...

Al marcharnos nuestro rastro queda en los otros. El amor que nos tenían, nuestra presencia que se vuelve algo interno en los demás, en un estremecimiento de un recuerdo, en un dolor, en un lento, a veces no tan lento desvanecerse. Eso nos importa solo mientras estamos vivos. La creencia en otra vida es también, creo, la creencia en otro orden donde nuestras responsabilidades cesan.

Mi mamá limpia la mesa del comedor. Tiene un saco vino tinto, debajo un suéter de cuello de tortuga color lila, un jean y unos tenis azules oscuros. Se ha envejecido mucho, su estatura se ha reducido; su nobleza y dulzura, así como el color azul de sus ojos, se mantienen intactos.

El 9 de abril del 48, cuando ocurrió el asesinato de Jorge Eliecer Gaitán. La primera destrucción de la bella arquitectura bogotana. La segunda sería llevada a cabo a largo plazo por los urbanizadores, que por el afán de construir edificios acabarían no solo con las casas estilo bauhaus, art-deco y de influencia suiza, sino con parte de los cerros orientales. Los cerros, ese dragón dormido y descamado que custodia la sabana bogotana. El mismo 9 de abril, mi mamá, una niña muy pequeña, recuerda estar encerrada en su casa y ver a través de una fisura del postigo hombres gritando y corriendo con palos en la mano.

Tienen entre sus manos unos guantes blancos...

Índice

I Apica de Pasadena (2005-2013) / 9

II Moleskine de College Station (2008-2012) / 43

III Fabrianos y Apicas de Wilson (2013-2020) / 77

IV Cuaderno Clairefountain de Bogotá (2017) / 129

CPSIA information can be obtained
at www.ICGtesting.com
Printed in the USA
BVHW082224280321
603591BV00006B/708